Raymond Kennedy
Am Rand der Welt

Novelle

Aus dem Amerikanischen übersetzt
von Hans-Ulrich Möhring

Mit Illustrationen von Isabel Klett

Klett-Cotta

für
Rachel Bick

Gib, Gott, mir einen Ruheposten,
Laß Frieden mich und Einkehr kosten!
Was brauch ich Titel, was Gewinn?
Nach Ehrenamt nur steht mein Sinn.

John Gay

Jack tat den Deckel wieder auf den Ofen, dann ging er zur Tür. Der verharschte Schnee lag bis an die Schwelle, und die Eiskruste schimmerte in der Dunkelheit. Im Augenblick fiel weder Schnee noch Regen. Nachdem er mißtrauisch hinausgeschaut hatte, schloß er die Tür und schob den Riegel vor. Der Riegel war neu, und er gefiel ihm gar nicht. Er drehte sich um und schlurfte zum Bett zurück. Er war wieder wütend.

»Einen am hellichten Tage zu treten«, sagte er. »Früher hat man noch 'nen Grund gehabt. Den braucht's heute nicht mehr.«

Eine Zeitschrift lag aufgeschlagen auf dem Bett. Er hatte die Geschichten darin so oft gelesen, daß die Seiten ganz abgegriffen waren. Eine Geschichte las er immer wieder. Es war eine Geschichte über eine Frau, deren Mann gern Frauenkleider trug: sie staunte nicht schlecht, als sie ihn zum erstenmal in einem Kleid sah. Jack mußte laut lachen, wenn er die Geschichte las. Heute abend konnte er mit den Gedanken nicht dabeibleiben. Er setzte sich aufs Bett, schaute den Riegel an.

»Ich hab Muffensausen«, sagte er.

Er stand auf und trat wieder an den Ofen. Oben fuhr der Wind unter die Dachpappe. Sie flappte mit einem pfeifenden, saugenden Geräusch, wie wenn man einen Nagel zieht. Der Wind im Ofenrohr ließ die Flammen flackern. Das brennende Holzscheit stand hochkant im schmalen Feuerraum des Ofens, und Jack rückte es aus Gewohnheit mit dem Deckelheber zurecht. Er tat den Deckel wieder drauf, dann hängte er den Heber an einen Nagel. Seine Augen gingen zum Riegel an der Tür. Das Ding gefiel ihm gar nicht.

»Plunder!« sagte er.

Jack setzte sich wieder hin und fing an, mit beiden Händen seinen Oberschenkel zu reiben. Der Bluterguß hinten am Bein war weg, aber der

Schmerz nicht. Er kam jede Nacht. Dann setzte er sich immer auf und spannte die Hände um das Bein und knetete den Schenkel hinten mit den Fingerspitzen.

Wie er so saß, klebten seine Augen an den roten Ziffern des Wandkalenders. Es war die letzte Märzwoche, Dienstag oder Mittwoch. Wenn heute Mittwoch war, dann war morgen Gründonnerstag. Wenn nicht, dann übermorgen.

Er zog die Schuhe aus und zündete sich die Pfeife an. Der Hund lag unter dem Schaukelstuhl, seine Flanke hob sich regelmäßig. Wenn das Feuer später ausglühte, würde der Hund aufs Bett gestiegen kommen und sich zwischen Jack und das an die Wand genagelte Stück Leinwand legen. Da schlief Jack immer schon.

Der alte Mann hatte ihm nie einen Namen gegeben. Eines Nachmittags hatte er gerade im Bach Rote Bete gewaschen, als er aufschaute und sah, wie das Tier hinter einem Baumstumpf zu ihm hinüberlugte. So war er zu dem Hund gekommen, und der Hund ging nicht wieder weg. Wenn Jack einen Hund gewollt hätte, hätte er sich einen besorgt. Er hatte nie einen haben wollen.

Die Lampe war aus, und ein rötlicher Schein kam aus den Ofenschlitzen. Jack legte den Kopf zurück auf den Sack mit dem aufgerollten Mantel darin und rauchte seine Pfeife. Draußen warf der Wind Graupeln ans Fenster, und die Pappeln unten am Bach ächzten: mords Kerle, zwei Stück, die im Wind schwankten wie betrunkene Matrosen. Jack zog sich die Decke bis ans Kinn. Die Frau in der Geschichte hieß Julia, und der Mann hieß Dan, und Jack sah den Ausdruck auf Julias Gesicht, wie Dan nach Flieder duftend und mit zehfreien Pumps die Treppe herunterkam. Jack lachte und zog an seiner Pfeife. Der Kopf glühte im Dunkeln.

Zweimal in der Nacht hörte er draußen Geräusche. Das zweite Mal kamen sie eindeutig von der Straße. Jack setzte sich auf. Er konnte sich nicht erinnern, daß er die Pfeife ausgemacht hatte, aber der Hund lag auf dem Bett und schlief. Er dachte, er hätte geträumt. Jack streckte unter den Dekken den Fuß aus und versetzte dem Hund einen Tritt. »Du Mistvieh. Wach auf!«

Erschrocken jaulte der Hund auf.

Der alte Mann hatte Angst. Früher hatte er nie Angst gehabt, erst seit dieser junge Schlägertyp ihn getreten hatte. Das würde er nie vergessen. Seitdem waren noch andere Sachen passiert. Im Dezember hatte vorn ein Auto mit zwei Männern und zwei Frauen drin angehalten. Die Frauen schrien hinter den Scheiben. Dann stieß einer der Männer eine Frau hinaus, dann stieg die andere aus. Sie war eine ziemliche Maschine, und sie drosch gleich auf die erste Frau los. Die Geschlagene schrie um Hilfe. Die Männer stiegen nicht aus dem Wagen. Die Dicke packte die andere Frau an den Haaren und verdrosch sie nach Strich und Faden. Sie drosch auf sie ein und riß sie an den Haaren hin und her. Es machte Jack Angst. Dann zerrte die Dicke die Schreiende ins Auto, und das Auto fuhr mit einer Tür offen ab.

Jack war nicht mehr derselbe wie früher. Vor Jahren hätte ein Blick auf ihn gereicht. Sie hätten gesehen, was er für Schultern hatte oder wie er auf den Fußballen ging, und sie hätten Bescheid gewußt. Mit einer Drehung versetzte er dem Hund noch einen Tritt in die Seite. »Dir ist es ganz egal, ob da draußen einer stirbt.«

Jack stand auf und zog sich im Dunkeln die Hosen an, dann einen Mantel über das Sweatshirt, in dem er schlief. Im Kasten fand er ein Beil und einen Hammer. Er nahm den Hammer und legte das Beil zurück. Das Beil kam nicht in Frage. Wer würde mitten in der Nacht mit einem Beil an die Straße gehen? Ihm paßte nicht mal der Hammer.

Er war übertrieben. Ein schwerer Stock mit einem Knauf wäre prima gewesen.

Er ging zur Tür und lauschte. Er machte die Lampe nicht an, weil er nicht aus einer hellen Tür treten wollte. Vorsichtig zog er den Riegel auf. Er zog ihn ganz zurück, dann lauschte er wieder. Er hörte nichts, nur die Pappeln und das Atmen des zitternden Hundes hinter ihm. Der Hund war uralt für einen Hund und offensichtlich ein Schisser. Jack machte die Tür auf und trat leise hinaus. Jeder Schritt gab ein gläsernes Knirschen im Schnee. Jack blieb wieder stehen und lauschte. Bei dem wolkenverhangenen Mond war der Himmel schwarz und hell zugleich. Er fühlte, wie die kalte Luft seine Beine angriff. Den Hammer ganz unten gefaßt, ging Jack los. Er tat einen Schritt, und der Schnee krachte wie ein Schuß, dann schaffte Jack es, auf die Eiskruste zu treten und darauf zu gehen. Er hielt den Hammer locker, als hätte er gerade einen Nagel eingeschlagen und vergessen, ihn abzulegen, als er das Geräusch hörte und rausging, um nachzusehen. Der Hund kam ängstlich hinterher, knurrte aber und wandte den Kopf nach links und rechts. Er war für den alten Mann keine Hilfe. Bei der kleinsten Kleinigkeit würde er ausreißen wie ein Karnickel. Jack war noch keine zwanzig Meter gegangen, da blieb der Hund schon zurück. Er tat so, als schnupperte er irgend etwas Wichtiges. Jack gelangte zu den Sumachbäumen über dem Graben an der Straße.

Er blieb stehen. Nichts war anders als sonst. Die ungeräumte Straße zog sich dahin wie ein zugefrorener Fluß. Der heranfließende Mondschein im Graben warf eine lange Lichtschleppe über Wacholdersträucher und Böschungen. Im nächsten Moment stand Jack im vollen Licht des Mondes. Sein Herz setzte aus. Drei Meter unter ihm, auf dem Grund des Grabens, lag ein Mann. Er lag mit dem Gesicht nach unten im Schnee, und er war nackt. Er hatte nichts weiter an als einen Schuh. Beim Anblick des Mannes, seines Rückens und Hinterns im Mondschein, schwamm Jack der Kopf. Der Mann rührte und muckste sich nicht. Sein Gesicht war abgewandt. Im nächsten Moment erspähte der Hund die totenähnliche Gestalt und brach in wilder Flucht durch das Sumachdickicht. Jack schrie hinter ihm her, während er vorstürzte, das stockende Herz im Hals. So was hatte er noch nie erlebt. Der Hund lief im Kreis und bellte.

Jack hatte zehn Minuten damit zu tun, den Mann aus dem Graben zu schaffen. Er versuchte, ihm seinen Mantel überzuziehen. Er hielt ihn für

tot. Den Oberkörper unter den Armen umklammert, ging Jack mühselig rückwärts, Schritt für Schritt, ganz langsam. Immer wieder brach er durch die Eiskruste. Der Hund jaulte an der Tür, weil er wußte, was Jack vorhatte.

Als er die Hütte erreichte, stieß er mit der Ferse die Tür auf und schleifte den Mann hinein. Er setzte ihn gegen die offene Tür und ging die Lampe holen. Er japste nach Luft. Jack setzte sich mit der Lampe auf dem Schoß hin, war aber außerstande, sie anzumachen. Der Mann stöhnte und bewegte sich hin und her. Schließlich drehte Jack den Docht hoch und holte sich vom Tisch ein Streichholz. Mit zitternder Hand nahm er den Glaszylinder ab. Als der Docht brannte, drehte er ihn niedrig und ging zur Tür zurück.

Der Mann versuchte zum erstenmal, etwas zu Jack zu sagen. Sein Kopf kippte nach hinten gegen die Tür. Seine Lippen waren blau und geschwollen, das Gesicht blutverkrustet. Das Licht von der Lampe wurde ruhig im Raum. Der Mann hatte einen kahlen Schädel mit grauen Haarbüscheln über den Ohren. Ein Ohr war mit Erde beschmiert. Sein Bauch stand vor. Als er das Licht auf sich fühlte, schlug der Mann die Augen auf. Jack bugsierte ihn ans andere Ende des Raumes und wuchtete ihn aufs Bett. Er nahm seine Beine und legte ihn lang hin, deckte ihn zu und breitete dann noch seinen Mantel über die Decken.

Der Hund wollte nicht hereinkommen, sondern winselte im Dunkeln. Jack schloß die Tür und ging zur Holzkiste. Er tat Papier und Reisig in den Ofen und zündete es an. Mittlerweile spürte er die Kälte wieder und konnte das Zittern in den Beinen nicht abstellen. Als das Reisig brannte, tat er zwei Kiefernstücke dazu, jedes ungefähr stuhlbeindick, und ging dann zur Holzkiste zurück. Während er größere Scheite auswählte, behielt er seinen Gast im Blick. Seine Augen waren geschlossen. Sein Bauch bewegte sich sacht unter den Deckenlagen.

Wo jetzt das Feuer in Gang war, trat Jack an das Bett und besah sich den Mann. Er hatte keine Vorstellung, wer er war oder woher er gekommen war. Er hatte seit Jahren niemanden mehr auf dieser Straße gehen sehen. Die Straße kam hinten vom Berg und führte weiter zur Stadt. Es war keine normale Straße. Es war keine Straße von hier nach da. Sie kam vom Berg

Der Mann atmete friedlich. Er sah ganz wohlig aus, abgesehen von den Striemen und den Schneestreifen im Gesicht. Jack holte die Waschschüssel hervor und schöpfte etwas Wasser aus der Tonne hinein, dann stellte er die Schüssel zum Warmwerden auf den Ofen. Der Ofen erwärmte sich langsam.

»Früher haben sie einem das Geld abgenommen«, sagte Jack. »Jemand wollte dein Geld, und er hat sich's genommen. Diese Drecksäcke heute sind anders.«

Auf seine Stimme hin stöhnte der Mann. Dann schlug der Mann die Augen auf. Er blickte Jack schräg von der Seite an, seine Lippen bewegten sich.

Jack holte eine Flasche herunter, schraubte sie auf und wischte sie oben mit dem Handballen ab, doch als er sich das Gesicht des Mannes ansah, beschloß er, ihm die Flasche lieber nicht an den Mund zu setzen. Statt dessen nahm er vom Bord am Fenster einen Blechbecher und schenkte ein wenig Whiskey ein. Er ging wieder zum Bett. Während er dem Mann trinken half, fiel ihm ein, daß auf der Straße kein Fahrzeug gekommen war. Er hatte keinen Motor gehört, und auf der Straße lag eine glatte Schneeschicht. Mit einer Hand hob Jack den Hinterkopf des Mannes zum Trinken hoch. Der Mann versuchte mitzumachen und sich hochzudrücken. Jack wartete, daß er schluckte.

Dann machte er es noch mal. Er wiederholte den Vorgang, bis der Becher leer war. Mit einem Waschlappen, den er in die Schüssel tauchte, wusch er dem Mann das Gesicht. Es mußte ihm gut tun, denn er schloß und öffnete mehrmals die Augen. Minuten später schlief der Mann.

Der Ofen begann zu glühen. Jack zog seinen Schaukelstuhl dicht heran, stellte ein Holzscheit senkrecht ins Feuer und setzte sich.

»Ich weiß, wovon ich rede«, sagte er. »Ich hab sie erlebt und weiß, was das für welche sind.« Er blickte das Gesicht des Mannes an. »Früher war's so, daß einer dein Geld wollte. Man hatte was getrunken, und dann hat er draußen auf dich gewartet. Klar«, sagte Jack, »hab ich selber auch gemacht. Wer nicht? Aber«, sagte er und hob einen Finger, »ich hab nie jemand die Schuhe abgenommen. Ich hab ihm nicht die Hosen und den Mantel und den Hut abgenommen.«

Er schüttelte den Kopf. Er stand auf, machte den Wandkasten auf und nahm die Flasche heraus.

»Und noch was.« Er hob die Flasche hoch. »Man tritt niemand, wenn er am Boden liegt.« Jack trank aus der Flasche und hielt sich die Faust an die Lippen. »Da würde ich nicht mal einen Hund treten.«

Der Ofen machte knackende Geräusche. Er horchte, um sicher zu sein, daß der Mann atmete. Er schlief wie ein Kind. Jack lehnte sich zurück und faltete die Hände über dem Bauch. Seine Schnürstiefel dampften in der Wärme. Am Himmel draußen begann der Morgen zu grauen. Dann schlief Jack ein.

Er mußte ein oder zwei Stunden geschlafen haben. Die Sonne schien an die Wand, und das Feuer war weit heruntergebrannt. Doch das bemerkte Jack gar nicht. Er wachte sehr plötzlich auf. Der Mann saß mit dem Rücken zu Jack am Tisch. Er war von Kopf bis Fuß in die Decken gehüllt. Sein Kopf ragte heraus wie ein Giftpilz, und am Hals war eine Linie, wo Jack ihn gewaschen hatte. Er drehte sich nicht um, als Jack sich im Schaukelstuhl rührte. Er saß da, die teigigen Hände vor sich auf dem Tisch gefaltet, und blickte zur Wand.

Jack fiel auf, daß Mann immer noch einen Schuh anhatte. Der andere Fuß, blutbesudelt, war nackt. Er wirkte gelb. Jack starrte darauf, als der Mann auf einmal zu reden begann. »Vor zehn Jahren«, sagte er, »hatte ich nicht hundert, ich hatte *tausend* solche wie dich.« Er sagte es patzig.

Jack verstand nicht.

»In so einem Dreckloch zu enden.« Der Mann blickte zu den verstaubten Balken hinauf und zu dem schwarzen Ofenrohr, das durchs Dach ging. »Und wozu?«

Jack vermutete, daß der Mann phantasierte. Er hatte böse Schläge auf den Kopf bekommen, viele. Am Mund war ein brauner Blutfleck. Im Profil wirkte der Mann überheblich, das Gesicht aufgedunsen.

»Wie fühlst du dich?« fragte Jack und rutschte im Schaukelstuhl vor.

Der Mann drehte sich zu Jack um. Sein Gesicht sah zum Fürchten aus. »Wo hast du mich gefunden?« wollte er wissen.

»An der Straße«, sagte Jack.

»Ist das eine Antwort? An der Straße?«

»Ich dachte, du wärst tot.«

Der Mann zog ein Gesicht und schaute wieder zur Wand. »Tot«, brummte er. Er hatte sich Whiskey in den Becher geschenkt. »Ich könnte genauso gut tot sein«, sagte er. Er setzte den Becher an die Lippen und trank den Schnaps mit lautem Schlürfen. Dann stellte er den Becher auf den Tisch. Er war leer. »Ich will was zu essen«, sagte er.

Jack glotzte den Kopf des Mannes von hinten an. Wenn er sich nur sehen könnte, wie er da nackt in der Decke saß, mit einem Schuh zu wenig. Jack hätte lachen können, als er sah, wie der Mann die linke Hand drehte und kurz auf das Handgelenk guckte, wie um auf die Uhr zu schauen, die er nicht umhatte. An seinem Handgelenk war ein blasser Ring auf der Haut, wo die Uhr gewesen war.

»Wie spät ist es?«

»Ich hab keine Uhr«, sagte Jack.

Der Mann zog ein bitteres Gesicht, den Blick auf die Wand gerichtet. »Ich faß es nicht«, sagte er. »Das Ende der Welt.«

»Zeit hat für mich keine Bedeutung«, fügte Jack hinzu.

»Gib mir was zu essen.«

»Tja, was darf's sein?« sagte Jack. »Haferschleim und Kaffee oder Kaffee und Haferschleim?« Er wollte den Mann mit einem Witz aufheitern.

»Gib mir ein Frühstück und was anzuziehen. Und ich will baden.«

»Du hast es nötig«, pflichtete Jack bei.

»Ich wünschte, ich wäre tot«, sagte der Mann und wischte sich mit den Fingerspitzen die Stirn, »so wie ich mich fühle.« Er fluchte leise.

Jack holte die Kaffeekanne und warf dabei einen verstohlenen Blick auf sein Gesicht. »Ich mach dir Kaffee.«

»Mach eine Wanne mit Wasser warm«, sagte der Mann.

Jack blieb stehen. »Frühstück und Wanne zusammen geht nicht. Der Ofen ist zu klein. Entweder oder, klar?«

Sein Ton ließ den Mann aufschauen. Er betrachtete Jack, als sähe er ihn zum erstenmal. Dann schlug er kräftig mit der Faust auf den Tisch. »Himmelherrgott noch mal!« schrie er. »Ich leide, begreifst du das nicht? Ich leide und friere, ich bin hungrig und schmutzig! Sieh mich doch an!« Er schlug die Decke auf. »Was ist los mit dir? Bist du blind?«

»Ich kann dich gut hören«, wehrte Jack mit erhobenen Händen ab.

»Ich will baden! Ist das zuviel verlangt? Ich will Kaffee und eine Wanne mit Wasser!«

Jetzt mußte Jack doch lachen. Der Mann war ein komischer Knilch. Er war wie eine verwöhnte Frau, ein Hätschelbubi, der durchdrehte, sobald etwas schief lief. Irgendwo auf der Welt gab es einen Haufen Leute, die gewohnt waren, daß er sie anschrie. Während Jack umherging, vermied er es, den Mann anzuschauen. Er hatte die Füße des Mannes unterm Tisch gesehen; da wurde ihm ganz flau im Magen. Wie der Mann dasaß, standen beide Füße nebeneinander, ein Fuß nackt, der andere in einem schicken schwarzen Stadtschuh.

Jack legte Holz nach und stellte einen Eimer Wasser auf den Ofen. Am Eimer hinunterlaufende Tropfen verzischten auf der Platte. Der Mann ließ eine Mängelliste vom Stapel.

»Kein Öl«, sagte er, »kein Gas, kein fließend Wasser. Kein Licht, kein Klo, kein Telefon –«

Jack fiel der Kopf auf, oben kahl und an den Seiten grau, ein Mönchskopf.

Der Mann breitete die Arme aus, daß sie die vier Wände einbegriffen. »Jemand *wohnt* tatsächlich hier. Das letzte Loch.«

Auch jetzt noch, fand Jack, sah der Mann tot aus. Sein Gesicht hatte das weiche Weiß von Sachen, die unter feuchtem Laub wachsen. Wie Fichtenspargel oder Pilze. Jack dachte an den Wald. Er dachte an die Zugvögel, die bald zurückkamen.

»Überall anders«, sagte der Mann, »wäre jemand da, um mich zu rasieren. Meine Sachen wären gewaschen und gebügelt und bereitgelegt.« Er griff nach der Whiskeyflasche, schraubte sie auf, schenkte sich ein, schraubte sie zu. Er hatte eine methodische Art.

»Du hast eben keinen Sinn fürs einfache Leben.« Jack grinste.

»Dann will ich dich mal was fragen.« Der Mann drehte sich mit dem Becher in der Hand um. »Meinst du nicht, das hier ist einfach genug?« Seine Augen folgten Jack, der lächelte und nickte, aber seinen Verrichtungen nachging. Er nahm die Kaffeetüte aus der Lebensmittelkiste. Er sah den Mann nicht an, aber der Mann sah ihn an. Der Mann wollte, daß Jack ihn ansah, seinen Zustand zur Kenntnis nahm. »Na, komm«, sagte er, »sieh mich an!« Er streckte die Arme aus wie ein Model, das seine Garderobe vorführt.

»Schon gut«, sagte Jack, ohne hinzusehen.

»Diese Decke«, sagte der Mann. »Wo hast du die her?«

»Die einen«, sagte Jack, »leben so. Die andern leben so.«

»Oh, das erklärt vieles«, sagte der Mann mit einem ironischen Grinsen und drehte sich wieder dem Tisch zu. Er nippte am Whiskey, dann leerte er den Becher und hielt sich die Faust an die Lippen. »Also, ich heiße Dick«, sagte er, »aber ich will nicht, daß du mich so nennst.« Er rülpste leise und schüttelte den Kopf. »Ich will keine Vertraulichkeiten von dir.«

Jack fand, daß der Mann sich betrunken anhörte, doch das konnte nicht sein. Er war stocknüchtern. Wer so was mitmachte, war hinterher nicht mehr betrunken. Jack sah ihn wieder vor sich, wie er ihn im Graben gefunden hatte. Mittlerweile wünschte Jack, er hätte durchgeschlafen. Er wünschte, er wäre gestern nacht nicht rausgegangen. Er stand mit dem Rücken zu dem Mann. Er sah zum Fenster hinaus und über den harschigen Boden dorthin, wo die Sumache bräunlich glänzten. Die ganze Zeit fühlte er Dicks Augen im Rücken.

»Ich war glücklich wie ein König«, sagte Dick. »Ich kann dir gar nicht beschreiben, welche Freude mir das Leben machte. Du«, sagte er, »kannst überhaupt nicht ahnen, wovon ich rede.« Er zog sich die Decke um die Schultern. »Für dich ist Freude ein Wort, das auf Glückwunschkarten steht.«

Der zugedeckte Eimer fing an zu wackeln, als das Wasser heiß wurde.

Dick lächelte schwach. »Hättest du was dagegen«, erkundigte er sich obenhin, »wenn ich dich Teddy nennen würde?«

Die Frage verwirrte den alten Mann. »Ich heiße Jack«, sagte er.

Dick lächelte wie zuvor. Winzige Krähenfüße erschienen um seine Augen. »Wieso«, fragte er, »sollte dich jemand Jack nennen? Du bist nicht der Typ dafür, überhaupt nicht. Jack«, sagte er, »ist einer, der mit dem Football durchs Hotelfoyer wirft oder der erfolglos mit der Frau seines Bruders schäkert. Teddy paßt besser zu dir.«

Lachend nahm Jack den Eimer vom Ofen. Er tauchte die Kaffeekanne ein. Er setzte den Eimer am Boden ab, löffelte Kaffee in den Filter und stellte die Kanne auf den Ofen. Er lächelte still vor sich hin. Er wußte, wie böse Dick Prügel bezogen haben mußte. Dick wußte nicht, wo er war oder was er redete.

Als Jack vom Ofen wegging, schob Dick die Decke auf seinem Schoß auseinander und schlug die Beine über, so daß ein unbehaarter rosiger Unterschenkel zum Vorschein kam. Jack erschauerte. Das Bein, das herausschaute, war das mit dem Schuh. Dick beugte sich vor und schnürte ihn zu. »Teddy ist der, nach dem sich die Frauen umgucken«, sagte er.

Jack zog ein Gesicht. »Da weiß ich nichts von«, sagte er.

»Hundertprozentig«, bekräftigte Dick sofort.

»Nach mir haben sich nie welche umgeguckt«, sagte Jack. »Aber an deiner Stelle würde ich mir darüber keine Gedanken machen. Über alles andere, nur nicht darüber.«

»Ich hoffe, du hast Seife da – und einen sauberen Waschlappen, und ein Handtuch. Nach Badesalz, Puder und Eau de Cologne will ich gar nicht erst fragen, aber ich würde mich gern im Spiegel sehen.«

»Vorher wäschst du dich lieber. Dann«, sagte Jack, »kannst du gucken.«

Jack überlegte. »Klingt vernünftig.« Seine Stimmung besserte sich. »Hier wohnst du also«, sagte er. Mit der Decke um trat er ans Fenster. »Und da draußen – das gehört alles dir?«

»Zum Teil«, sagte Jack.

Dick schob beeindruckt die Lippen vor. »Aha.«

»Ein Acre«, sagte Jack.

»Nett«, sagte Dick und betrachtete das Gelände.

Dann nahm er mit einer Drehung die Decke und warf sie weg. Er zielte nicht auf das Bett und schleuderte sie auch nicht vorsätzlich auf den Boden. Er warf sie einfach von sich. Der Anblick des nackten Mannes verdutzte Jack. Der Mann hörte

nicht auf, ihn zu überraschen. In voller Lebensgröße, splitterfasernackt, kam er um den Tisch.

Er setzte sich hin und fing an, sich zu waschen. Er seifte den Waschlappen ein, kniff die Augen zusammen und schrubbte Gesicht und Kopf mitsamt der Haare. Seifenblasen glänzten auf seinem blanken Schädel.

»Du wunderst dich wahrscheinlich, Jack, daß ich nicht mehr Fragen nach dir oder diesem Ort hier stelle.« Dicks Augen waren geschlossen. Er schnaubte, um die Seifenblasen aus der Nase zu bekommen. »Ich habe keine Ahnung, wo um alles in der Welt ich bin, wer du bist oder wie ich hergekommen bin. Ich weiß nur, daß du ein anständiger Kerl bist und daß für mich, wie es aussieht, das Leben wieder neu beginnt.«

Jack war erleichtert. »Freut mich zu hören, daß du Vernunft annimmst«, sagte er.

Dick klatschte sich den Waschlappen auf den Leib, daß es knallte. Der Mann war nicht schamhaft. Sein Bauch war glatt und vorstehend, eine pralle Frucht.

»Ich war ganz oben«, sagte Dick, »und ich war ganz unten. Aber weißt du was, Jack«, seine Stimme wurde vertraulich, »genossen habe ich beides.«

»Du hörst dich gebildet an«, bemerkte Jack beiläufig, blieb aber abgewandt.

»Ich denke dabei an den Boß und den Lump«, sagte Dick. Er drückte den Lappen aus, tauchte ihn ein und wusch sich dann Stirn und Augen.

Jack lachte wiehernd. »Ich kannte mal 'nen richtigen Lump.«

»Ich rede nicht von Pennern und Pöbel«, sagte Dick mit streng erhobenem Finger. »Wovon ich rede, ist der Lump. Ein Mann, der sich um niemand schert und der niemand was schuldet, aber wenn er was will, haut er dir eins auf die Rübe. So einer«, sagte Dick, während er sich unter den Armen wusch, »geht auf seinen eigenen zwei Beinen durchs Leben. Viele Leute wissen das nicht. Er ist genau wie der Boß«, fügte Dick hinzu, »nur daß der Boß das Sagen hat und sich nicht rumtreibt.«

»Verstehe«, erwiderte Jack. Er kramte in der Lebensmittelkiste. Es gab sechs Eier, etwas Mehl, Schmalz, Margarine. Er stellte mehrere Berechnungen an.

Er hatte Corned beef, Äpfel, Kartoffeln. Wieder rechnete Jack. Im Kopfrechnen war er schwach.

»Weißt du«, sagte Dick, »ein Boß ist ein umgedrehter Lump, aber ein prima Kerl. Die zwischendrin dagegen, die Buchhalter und Krankenschwestern und Polizisten und Lehrerinnen, die Rechtsanwälte und Wäschereifritzen, das sind alles Ratten.« Hierbei machte Dick eine ausladende Handbewegung, als streute er Saat über die weite Welt.

»Absolute Ratten«, stellte er fest. »Sind meine Eier fertig?«

Jack sah ihn nicht an. Von hinten kamen die Planschgeräusche von Dicks wiederaufgenommener Ganzkörperwäsche. Um ihn herum schwamm der Fußboden.

»Mir«, sagte Dick, »wärst du zehn, fünfzehn Dollar die Woche wert. Das wäre mein höchstes Gebot.«

»Du würdest mich nicht für hundert kriegen«, grummelte Jack schließlich hinter dem Ofen hervor. Der Ofen ersparte Jack den Anblick von Dicks eingeseiftem Körper. Eines von Dicks Augen hatte eine fleischähnliche Farbe angenommen.

»Mann, haben die dich verprügelt«, staunte Jack kopfschüttelnd. »Die haben dich wirklich nach Strich und Faden verprügelt.«

Dick blickte auf, während er mit dem Waschlappen zwischen den Beinen zugange war. »Macht mir das vielleicht was aus?« Er lachte, daß man seine Zahnlücken sah.

Jack wartete. Er hoffte, daß der Mann ihm jetzt eine Erklärung gab, zu erzählen anfing.

Doch Dick pfiff nur vor sich hin, hob einen Schenkel und schrubbte. Als er schließlich etwas sagte, sprach er leise. »Die dreckigen Kanaken«, sagte er. »Die miesen Scheißkerle.«

Danach pfiff Dick weiter. Dann summte er. Er drückte und wrang den Waschlappen in den Eimer aus. »Sie müssen dich überall geschlagen und getreten haben«, sagte Jack.

»Der Grund, daß du so tief gesunken bist«, fügte Dick nachdenklich hinzu, »gereicht dir letztlich zur Ehre. Er hebt dich aus der Klasse der Ratten heraus.«

»Wenn du meinst«, sagte Jack, schlug ein Ei in die Bratpfanne und neigte sie, damit das Schmalz verlief.

»Um wieviel Uhr kommt hier die Post?«

»Ich kriege keine Post«, sagte Jack. »Hier draußen kommt keine. Ich muß sie holen gehen. Aber da ich nie welche kriege, gehe ich sie auch nie holen.«

»Leuchtet ein«, sagte Dick.

»Es ist sowieso zu weit«, sagte Jack.

»Du solltest sie nicht mal holen gehen, wenn es keine gibt, wenn es so weit ist. Die sollen sie dir bringen.

Worauf ich übrigens eben hinauswollte«, Dick stand auf und deutete auf das Handtuch am Türnagel, »war, wieviel besser es ist, daß du ein Lump bist. Ich persönlich könnte dich nicht gebrauchen. Das heißt, ohne eigene Unkosten könnte ich dich nirgends unterbringen.« Er zuckte die Achseln.

Jack schüttelte den Kopf und schnitt eine Grimasse. Er reichte Dick das Handtuch. Er wünschte, er wäre mit dem Hund allein. Er sah jetzt die roten Kratzspuren auf Dicks Rücken und an den Seiten. Dick legte sich das Handtuch über die Schultern und rubbelte sich ab. Er sah wichtig aus. Jack vermutete, daß er ein hohes Tier irgendwo war und sich mit den falschen Leuten eingelassen hatte. Seine Mutter hatte ihn immer davor gewarnt. Er konnte sich nicht an ihr Gesicht erinnern, aber er konnte die Worte hören. Er dachte wieder an Worte und Namen, und an den Hund. Er wünschte, Dick wäre ihm nie begegnet.

Während die Eier in der Pfanne brieten, fischte Jack eine Hose und ein Hemd aus dem Koffer, den er am Fuß des Bettes stehen hatte.

»Tu mir die Liebe«, sagte Dick, »und bring mir einen Spiegel. Und hör bitte auf, dich zu zieren und mich nicht anzuschauen.«

Jack blieb abrupt stehen. »Dich nicht anzuschauen?«

»Du schaust mich nicht an«, sagte Dick. Er lächelte manieriert. »Bin ich so abstoßend?« fragte er mit einer Stimme, die kein Ja zuließ. Seine dikken Lippen verstärkten den hochmütigen Eindruck.

»Du kannst mir ruhig antworten«, erklärte er scharf. »Ich werde dich nicht schlagen.«

Mit seinem nackten Bauch und Hintern über den dünnen Beinen sah Dick wie ein dicker Stelzvogel aus, der am Ende seiner evolutionären Fahnenstange angekommen war. Er lächelte rosig. Ein schwarzer Ring bildete sich um das eine Auge. Er preßte die Lippen zusammen.

»Komm mal kurz her.« Er deutete vor sich auf den Boden. »Diese entzückende Schüchternheit, die du heute morgen an den Tag legst, mag dir in deiner Einsamkeit gut zu Gesicht stehen, aber mir geht sie tierisch auf den Sack. Jedesmal, wenn ich mich umschaue«, sagte er, »wendest du dich irgendwo anders hin. Sind das meine Sachen?«

»Du hattest keine Sachen«, sagte Jack.

»Soll ich sie *anziehen?*« schrie er.

»Herrje, irgendwas solltest du wohl anziehen!« brauste Jack auf.

Dick stemmte die Hände in die Hüften. »Was bist du bloß für ein prüder Spießer!« Er sah an sich hinunter. »Man könnte meinen, mit meiner Figur würde was nicht stimmen, wenn man ihn so hört. Hast du meinen Spiegel?«

»Hier.« Jack hielt ihm das Kleiderbündel hin. »Die kannst du nehmen.«

»Gib mir nicht alles auf einmal«, beschwerte sich Dick. »Das Hemd zuerst. Leg meine Hose und meine Strümpfe auf den Stuhl. Und behalt die Eier im Auge, hörst du? Und, Jack«, sagte er, »bring mir endlich meinen Spiegel.«

Jack hatte gute Lust, die Eier nach ihm zu schmeißen. Der Mann hatte wohl was am Hirn abgekriegt.

»Wo willst du von hier aus hin?« fragte Jack über die Schulter.

»Ich verstehe die Frage nicht.« Dick blickte zu Jack auf.

»Hier kannst du nicht bleiben.«

Die beiden Männer beäugten sich länger. »Habe ich den Eindruck erweckt, daß ich das *wollte?* Gütiger Himmel.« Dick drehte sich auf der Ferse und sah sich um. »Was sollte ich in einem solchen Loch mit mir anfangen?«

»Hier ist man meilenweit weg«, sagte Jack.

»Meilenweit weg?« sagte Dick und zog die Augenbrauen hoch. »Weg *wovon?* Wie um alles in der Welt will man über Entfernung reden ohne ein Ziel?« Man sah Dicks Zahnlücken, als er lachte. »Schließlich ist man hier nicht meilenweit weg, wie du sagst, vom Graben – oder vom nächsten Hügel. Ich bin kein altes Weib«, sagte er. »Ich weiß, wie man wo hinkommt. Wenn man sich an ein oder zwei feste Regeln hält, verirrt man sich nie. Ich zum Beispiel«, und er legte sich die teigigen Hände flach auf die Brust, »habe mich noch nie verirrt. Ich bin überall auf der Erde gewesen, Jack. Ich kenne die Kontinente und die Flüsse und Bäche, und ich weiß, daß das kleinere Wasser immer zum größeren hinfließt.« Er schaute Jack durchdringend an. »Man muß nur bergab gehen, bis man an einen Wasserlauf kommt, und dann den restlichen Weg flußab. Das ist einfach, nicht wahr?« schloß er.

»Ich denke mal«, brummte Jack, »man würde die Straße nehmen.«

Dick war nicht zu beirren. »Gibt es denn eine Straße?« sagte er. »Um so besser.«

Während Dick sich anzog, legte Jack im Ofen Holz nach. Er verbrauchte die letzten beiden Scheite. Nach dem Frühstück würde er eine Stunde lang Holz hacken. Das würde ihm die Gelegenheit verschaffen, allein zu sein. Dick gebärdete sich derart selbstsicher, daß Jack mittlerweile durchaus nicht mehr sicher war, wie es weitergehen würde. Er konnte sich nicht vorstellen, daß Dick einfach zur Tür hinaustrat und die Straße hinunterspazierte. Einmal war der Schnee zu tief. Er war zu tief für Jack, und damit war er auf alle Fälle zu tief für Dick. Es war nicht gut, wenn ein älterer Mann eine derart anstrengende Wanderung unternahm. Außerdem sah Dick weichlich aus.

Mit einemmal wurde Jack wütend. Er fühlte sich betrogen. Er wollte eine Erklärung von Dick. Die war ihm der Mann schuldig.

»Wie bist du hergekommen?« sagte Jack. Sein Gesicht rötete sich, und er beugte sich mit geballten Fäusten vor.

»Die Art meiner Beförderung braucht dich nicht zu interessieren«, sagte Dick.

»Beförderung?« sagte Jack. »Das nennst du Beförderung? Einen Mann nackt auszuziehen und ihn in einen Graben zu schmeißen?«

Dick ging zum Tisch, ohne die Hose anzuziehen. Er besah sich die Eier auf seinem Teller. Er setzte sich hin, nahm aber nicht die Gabel. Er hielt sich die Hände vors Gesicht.

»Was ist los?« sagte Jack.

»Es ist nichts.« Dick sprach hinter den vorgehaltenen Händen.

»Sie haben dir übel mitgespielt, was?«

Dick sagte nichts. Jack guckte ihn an. Es tat ihm leid, daß er wütend geworden war.

»Iß deine Eier, Dick«, sagte er leise.

»Und noch was.« Dick nahm die Hände weg. »Ich habe dir gesagt, daß du mich nicht Dick nennen sollst. Nicht wahr? Glaub ja nicht, weil du mir die Eier brätst, würde ich dich auf einmal bevorzugen. Ich bevorzuge niemanden, und ich mag keine Schleimer. Du hast eine Pflicht zu tun, also tu sie.«

Wie schon vorher kam es Jack so vor, als ob der Mann etwas Wichtiges hätte. Wenn er redete, gebrauchte er Wörter, die man nicht verstand. Wenn er einen ansah, duckte man sich innerlich. Jack war in Gedanken versunken, und als er daraus auftauchte, blickte Dick ihn mit einer gespielten Leidensmiene an, als wartete er. Er hielt seine Gabel wie einen Taktstock in der Luft.

»Bist du taub?« sagte er. »Ich hab dir gesagt, du sollst mir meine Schuhe bringen!«

Jack war von Dicks Zorn dermaßen überrumpelt, daß er sofort auf den Koffer zustürzte.

Dick schenkte sich eine Tasse Kaffee ein. Er rührte Zucker hinein, salzte seine Eier und fing wieder an zu räsonieren.

»Wenn du nur soviel jünger wärst«, Dick hielt Daumen und Zeigefinger ein Stückchen auseinander, »hätte ich unter Umständen eine Stelle für dich. In der Waffenfabrik zum Beispiel, unten in der Gießerei, gibt es in der Spätschicht eine Vakanz für einen staatlich geprüften Krankenpfleger. Ideal wäre jemand, der was von Röntgen versteht. Das wäre eine Möglichkeit.«

Abrupt legte Dick die Gabel hin. »Ich kann diese Eier nicht essen«, sagte er. »Sie sind kalt.«

Jack hatte einen Schuh in der Hand, konnte aber den andern nicht finden. Er hob die Decke an und schaute unterm Bett. »Ich kann den zweiten nicht finden«, sagte er. »Den muß sich der Hund geholt haben.«

»Dann gib mir den einen«, sagte Dick mit einer auffordernden Bewegung. »Bring ihn her. Ich habe immer noch meinen eigenen Schuh.« Er bedachte Jack mit einem gereizten Blick. »Ich brauche keine drei.«

Dicks Schuh war schwarz und paßte an den linken Fuß. Jacks einer war ein braunweißes Zweitonmodell für den rechten Fuß. Der weiße Teil von Jacks Schuh war mit Schmutz verkrustet, der marmorartige Wirbel bildete.

Dick nahm Jack den Schuh ab und stellte ihn neben seinen. Beim Anblick der beiden Schuhe nebeneinander schauderte es Jack. Er konnte nicht glauben, daß der Mann sie anziehen wollte.

Auf einem Bein balancierend zog Dick Jacks Hose an. Die Wäsche und die Hitze vom Ofen hatten sein Fleisch gerötet.

»Sie wird dir nicht passen«, sagte Jack.

»Sie wird passen«, sagte Dick.

»Das wäre ein Wunder.«

»Es wird kein Wunder sein.« Dick schlüpfte in das eine Hosenbein, dann wechselte er das Standbein, hob den andern Fuß an und steckte es flink in die Hose. Zur Verwunderung des Alten bekam Dick die Hose in der Taille zu. Sie paßte knapp, aber er war drin, wie er es prophezeit hatte. Jack konnte es kaum glauben, daß er vor fünfzehn Jahren, als er den Anzug gekauft hatte, von dem jetzt nur noch diese Hose übrig war, genauso einen Bauchumfang wie dieser Mann gehabt hatte.

»Ich hatte mal Hosen wie die«, sagte Dick, »aber sie waren nicht Synthetik. Der Schnitt war anders«, sagte er, »und Farbe und Webart auch. Sie waren so matt hellbraun, mit einer Steppnaht hier«, er zeigte mit dem Finger, »und hier.«

»Hört sich anders an«, sagte Jack.

»Während ich mich anziehe«, sagte Dick und zog den Bauch ein, um den Hosenschlitz zuzumachen, »möchte ich, daß du ein paar Vorbereitungen für uns triffst. Für den Marsch.«

»Ich komme nicht mit«, sagte Jack.

»Wir werden sehen«, sagte Dick.

»Nein«, sagte Jack, »ich glaube nicht.«

»Du bist ein sturer Bock, was?« bäffte Dick. »Ein dickschädliger alter Scheißkerl. Hast du irgendwo Taschentücher und Unterwäsche?«

Jack gab keine Antwort. Er nahm Dicks Teller und kratzte die Eier herunter.

»Hast du Schneeschuhe?« fragte Dick.

»Nein«, sagte Jack.

»Ich verstehe dich nicht«, rief Dick.

»Nein!« Jack erhob die Stimme.

Dick machte Miene, auf ihn loszugehen. Sein zerhauenes Gesicht und sein schwarz umrändertes Auge drohten plötzlich, den Alten aus der Ruhe zu bringen. »Schrei mich nicht an! Ich dulde es nicht, daß Leute mich anschreien. Wenn jemand schreit, dann bin ich es.« Seine Backen zitterten vor Zorn. Sein Gebrüll füllte Jacks Haus bis zur letzten Ritze.

»Ist das klar?« kreischte er.

Jetzt sah Jack ihn an. Es war unmöglich, ihn nicht anzusehen. Jack stand da, den Mund leicht geöffnet. Seine Augen funkelten verstört.

Dick ließ die Stimme sinken. »Merk dir!« Er artikulierte jedes Wort sehr sorgfältig. »Ich lasse mir von dir keine Unverschämtheiten bieten. Wenn ich eine Frage stelle, denkst du kurz nach, erwägst die verschiedenen Seiten und Aspekte und gibst mir anschließend eine prompte, präzise Antwort. Was liegt südlich von hier?«

»Wald«, sagte Jack.

»Ausgezeichnet!« Dick lächelte und hob die Hände zu einer gleichsam Segen spendenden Geste, die gleichzeitig Überraschung ausdrückte. »Eine tadellose Entgegnung. Das gefällt mir. Was liegt östlich?« flüsterte er hastig.

»Wald.«

»Nördlich?« sagte Dick.

»Wald.«

»Die Stadt ist in der Richtung?« Dick streckte den Finger aus.

»Da ist Osten«, sagte Jack. »Berge und Wald.«

»Was war daran jetzt so schwer?«

»Woran?«

»Daran, ein wenig *Verstand* zu zeigen!« brüllte Dick, daß ihm fast die Augen aus dem Kopf fielen. Unfähig, dem Blick des Mannes standzuhalten, ließ Jack ein wenig Sand in die Pfanne rieseln und begann, sie mit einer Drahtbürste zu scheuern. Dabei hörte er, wie Dick einen fahren ließ.

»Ich wette, sie sind mit dir hergefahren und haben dich einfach rausgeschmissen«, sagte Dick. »Sie hatten dein Gequengel satt.«

Jack sagte nichts.

»Wir gehen Richtung Stadt«, sagte Dick, während er seinen Gürtel straff zog. Er patschte sich auf die Hüfte. »Ich lasse mir telegraphisch Geld schikken. Vielleicht gebe ich dir sogar ein oder zwei Dollar.« Er lächelte Jack an. »Du hast mich wunderbar behandelt, Jack, und das werde ich dir nicht vergessen. Fürstlich.« Mit einem Finger als Anziehhilfe rammte Dick sich den Schuh an den Fuß.

»Ich komme nicht mit«, sagte Jack, die Augen auf die Bratpfanne gerichtet. Seine Hand am Griff war runzelig; sie hatte die Farbe von verbranntem Zellophan.

»Du hast mir Logis gegeben, altes Haus, und du hast mir Kost gegeben. Sollte ich, könnte ich das vergessen?«

»Du hast ja nicht mal geschlafen«, sagte Jack.

»Ich mag es nicht, wenn ich so zugedeckt und eingezwängt werde«, sagte Dick. »Normalerweise schlafe ich in einem sehr großen Bett. Ich lasse mir die Decken in zwei Lagen richten, eine an einer Seite festgesteckt«, Dick machte eine verdeutlichende Handbewegung, »und die andere Lage an der *anderen* Seite. Auf die Art greifen alle Decken ineinander, verstehst du? Wenn dann«, er hielt Jack mahnend den Finger hin, »in der Nacht irgendwas ist, schlage ich *zack!* die Decken zurück und springe direkt aus der Bettmitte hinaus.« Hierbei stürzte Dick zur Veranschaulichung vor und packte den alten Mann. »Jetzt hab ich dich, du alter Kanake!« rief er.

»Was soll das?« Jack wand sich, um loszukommen, aber Dick hielt den Alten mit beiden Armen fest umschlungen.

»Das ist mein Klammergriff!« brüllte Dick. Vor Anstrengung traten seine Augen hervor.

»Verzieh dich!« schrie Jack und wandte den Kopf ab, um dem Atem des Mannes auszuweichen.

»Meinst du, ich lasse dich hier zurück?« fragte Dick und gab ihn mit einer Bewegung frei, daß er ins Taumeln geriet. »Hältst du das vielleicht für ein Spiel? Willst du, daß sie hier eindringen, dich verprügeln, alles entzweischlagen – dich wahrscheinlich umbringen?«

»Mich will niemand umbringen«, sagte Jack.

»Mich wollte auch niemand umbringen«, sagte Dick. »Hier, schau mich an.« Er hielt Jack sein Auge hin. »Niemand wollte das tun. Sie *wollten* es nicht tun«, sagte er. »Sie haben es einfach *getan*.« Er fuchtelte wild mit den Armen. »Sie werden dich am Hals packen und auf dich eindreschen und eindreschen. Sie werden dich grün und blau treten! In Grund und Boden werden sie dich treten!« Er brüllte wieder. Dann legte er sich kurz die Hände auf die Brust. »*Ich* bleibe nicht hier«, sagte er. »Ich haue toute de suite ab. Und du auch. Was meinst du, wofür ich dich bezahle? Daß du den Rosenkranz betest?«

Jack ging von ihm weg. Dick schnaubte wissend, setzte sich hin und band sich die Schuhe zu.

Jack wünschte, er könnte einfach nach draußen gehen und sich ein Weilchen auf den Hackklotz setzen. Er wußte, was ihm gerade passierte, konnte nur einem alten Mann passieren.

»Ich möchte dich nicht beunruhigen«, sagte Dick, während er eine Schlaufe in den Schnürsenkel machte, »aber kommt man noch irgendwie anders von hier weg?«

Jack stand am Ofen. Er wußte, daß er hier glücklich war. Jemand anders verstand das nicht. Er dachte noch einmal an die zurückkehrenden Zugvögel. Sie kamen immer um Ostern. Dick verstand das nicht, dachte er.

»Ich glaube nicht, daß die Straße klug ist«, sagte Dick.

Jack sah Dick nicht ins Gesicht. »Durch den Wald zum Highway sind es ungefähr fünf Meilen«, sagte er, »aber den Weg gehe ich nicht mehr.«

Dick schlug sich auf die Knie und stand auf. »Ich fühle mich großartig heute morgen. Ich lasse dich nur ungern hier allein«, sagte er.

»Du kannst mich ruhig alleinlassen«, sagte Jack.

»Ich habe vorhin gesehen, daß du deinen Proviant inspiziert hast.« Dick deutete auf die Essenskiste. »Hast du irgendwas Stärkendes?«

»Nein.«

»Ich brauche natürlich einen Mantel, und ich brauche Streichhölzer, einen Kompaß und eine Axt. Würdest du mir das zusammenstellen?« Dick trat ans Fenster und spannte die Arme: ein Mann, der es nicht erwarten konnte, aufzubrechen. Als er Jacks Mackinaw-Mantel erspähte, fragte er: »Soll das mein Mantel sein?«

»Das ist mein Mantel«, sagte Jack.

»Und was soll ich dann anziehen? Oder was willst du anziehen, wenn ich den hier nehme?«

Jack schlurfte zum Bett und hob die Matratze hoch. Über die Sprungfedern war ein langer grauer Mantel gebreitet, mottenzerfressen und abgescheuert an Ärmeln und Kragen. Die Knöpfe fehlten; wo sie sein sollten, waren nur noch Fadenknötchen übrig. Aber Dick war davon begeistert und schritt sofort durch den Raum. Er zog den Mantel an. Er schlug ihn zu, drückte eine Seite flach an den Körper und beugte sich vor wie ein Kunde in der Anprobekabine. Als Jack sich umschaute, hatte Dick den Gürtel aus der Hose gezogen und schnallte ihn um den Mantel herum. »Die kriegen mich nicht klein, Jack. Sie können meine Unternehmen zerstören und mir die Frauen ausspannen, sie können mich jagen wie eine Eidechse im Sumpf, aber ich komme wieder. Ich komme wieder, und«, fügte er hinzu, »ich gewinne das Spiel.« Er stand breitbeinig da, den braunweißen Schuh in die eine Richtung gestellt, den schwarzen Stadtschuh in die andere. »Dich haben sie weggejagt«, sagte er. »Sie haben dich weggejagt, und du bist weggeblieben. Sie haben dich ausgezählt. Jetzt schau mich an.« Er deutete auf sich. »Siehst du, was sie gemacht haben?«

»Sie haben's dir gegeben«, sagte Jack.

»Sie haben's mir ordentlich gegeben«, sagte Dick.

»Sie haben's dir nach allen Regeln der Kunst gegeben«, sagte Jack.

»Aber ich werd's ihnen geben«, sagte Dick.

»Sie geben's dir«, sagte Jack, um ihn zu veralbern, »und dann gibst du's ihnen.«

»Ich geb's ihnen auf dreierlei Weise«, sagte Dick, und für jede hob er einen Finger: »mit der Faust in den Unterleib, mit dem Fuß in den Arsch und mit dem Knie in die Eier. *Also*«, ein mahnender Finger schoß auf, »ich werde nicht auf dieser Straße zurückgehen.« Dick drohte mit dem Finger und lachte. »Nein. Das ist mir nicht listig genug. Sie sind nämlich dort unten, verstehst du? Ich weiß, daß sie dort unten sind.« Er drehte sich und beschrieb mit der Hand einen großen Bogen. »Ich werde *gaaanz* außen um sie herumgehen«, sagte er. »Das ist mein Plan. Was machst du da?« fragte er plötzlich.

Jack hielt inne. Er hatte den Drahtheber in den Schlitz im Ofendeckel gesteckt und hob ihn hoch. »Nach dem Feuer schauen«, erklärte er.

Dick blickte konsterniert. »Während ich *rede?*« sagte er.

Jack tat den Deckel wieder drauf.

Dick drehte sich um und ging auf und ab, suchte die richtigen Worte. Seine Augen hatten einen entrückten Glanz. Er hob halb die Hände, als versuchte er, einen schwierigen Gedanken zu fassen. »Wie kann ich mich dir verständlich machen?« deklamierte er. »Schau mal. Nehmen wir an, rein hypothetisch, du liegst mit einer umwerfenden hochkultivierten kurvenreichen Aristokratin im Bett, und sie ist verrückt nach dir und will dich von morgens bis abends befriedigen, körperlich, seelisch und überhaupt – was würdest du tun?« Er blieb stehen und glotzte den Alten an. »Ich *weiß,* was ich tun würde«, sagte er.

»Ich weiß, was ich tun würde.« Jack grinste und wurde rot.

»Aber die Frage ist«, fuhr Dick fort, ohne ihn zu beachten, »was würdest *du* tun?«

»Und was würdest du tun?« fragte Jack zurück.

»Würde oder sollte?« versetzte Dick.

»Würde«, sagte Jack.

»Ich«, sagte Dick, »würde tun, was ich tun sollte, du dagegen – nicht.«

In Gedanken sah Jack die umwerfende Frau vor sich, die Dick beschrieben hatte. Er hatte sie sich selbst viele Male so vorgestellt. Dick hatte sie vollendet getroffen.

»Du hättest alles haben können, was du wolltest«, sagte Dick. »Aber kaum daß sie dir Druck gemacht haben, bist du ausgebüxt.« Er hakte seine Daumen im Gürtel ein und musterte den Alten mit einem verächtlichen Funkeln im Auge. »Ich nehme mir diese paar Minuten, um dir, Jack, das Urteil der Welt mitzuteilen.« Er beugte sich dicht an das Ohr des Alten heran. *»Wir brauchen dich nicht«,* flüsterte er.

Jack blickte auf Dicks kahlen Schädel, der schildkrötenartig aus dem grauen Mantelkragen ragte. Plötzlich lachte Jack laut los. Dick stimmte prompt ein. Sie lachten sich gegenseitig aus.

»Du schießt echt den Vogel ab«, sagte Jack.

»Ich mach mich auf den Weg«, sagte Dick. »Mantel und Hose schicke ich dir. Ich kann dir nicht genug danken. Tolle Sachen, Jack. Nicht schick – aber praktisch.«

In Jacks Augen hatte der verprügelte Mann in dem grauen Mantel mit dem schwarzen Gürtel darum etwas von einem zerlumpten Soldaten, dem letzten Überlebenden einer aufgeriebenen Armee.

»Du siehst ganz passabel aus«, sagte Jack.

»Was meine Schuhe betrifft –« begann Dick.

»Dreck sie ein«, sagte Jack. »Dann merkt das niemand.« Er konnte nicht auf die Schuhe des Mannes schauen.

»Wenn ich einen Revolver hätte, wäre ich komplett.«

»Ich wünschte, ich könnte dir einen Revolver geben«, sagte Jack mit unbewegter Miene.

»Ein Revolver wäre sehr fesch«, sagte Dick. »Als ich ein Junge war, war eine Pistole de rigeur. Bergbaugegend«, sagte er, »zum Aufwachsen ideal.«

Um Dicks anderes Auge bildete sich jetzt ebenfalls ein Schatten. Er sah aus wie eine Brillenschlange.

Unvermittelt drehte er sich um und schritt zur Tür. »Zeig mir den Weg«, sagte er.

Jack griff sich seinen Mackinaw-Mantel und folgte dem Mann nach draußen. Sein Atem kondensierte an der Morgenluft. Dicks Mantel flatterte im Wind. Am Himmel zogen jagende weiße Wolken nach Osten wie verschneite Truppen, die zu einem apokalyptischen Treffen eilten.

Jack knöpfte sich den Mantel zu. Dick vor ihm ließ den Blick über die Landschaft schweifen.

»Zedern«, sagte Dick. »Zedern und Birken.«

Er nickte und schob die Lippen vor. »Das ist gut. Das gefällt mir, Jack.«

Der Schnee vor der Tür lag bis an die mit Teerpappe verkleidete Hütte wie ein weißes Meer, das zum Stillstand gekommen war. Jack folgte Dicks Blick zu der Wand ferner Bäume. Ein leichter Wind blies von Norden. Vereinzelte Graupeln zischten auf der Eiskruste. Dick war von der Landschaft beeindruckt. Seine Silhouette zeichnete sich vor der Morgensonne ab.

»Ich bring dich bis zu den Bäumen«, sagte Jack.

»Die Straße von der Stadt«, sagte Dick. »Wo geht sie hin?«

»Zum Berg«, sagte Jack. »Sie geht nirgends hin.«

»Sie geht zum Berg«, sagte Dick. »Reicht das nicht für eine Straße?«

»Sie bleibt dann nicht mal mehr lange eine Straße«, sagte Jack. »Sie ist dann gar nichts mehr.«

»Hör ihn sich einer an«, sagte Dick. Er äffte Jack nach. »Sie geht bloß zum Berg. Ich finde das gar nicht so schlecht.«

»Es ist nicht mal ein Berg«, sagte Jack.

Dick zeigte darauf. »Das ist kein Berg?«

»Für mich nicht«, sagte Jack.

»Für mich nicht.« Dick schüttelte den Kopf.

»Du bist mir vielleicht ein stieseliger Bauer, Alter. Das ist kein Berg.« Er schnalzte mit der Zunge.

»Ich bring dich bis zu den Bäumen«, sagte Jack.

Er ging wieder hinein und holte seinen Hut. Es war ein Filzhut mit einer breiten Krempe. Er klatschte ihn sich ans Bein, bevor er ihn aufsetzte. Dick war der einzige Gast, den Jack je gehabt hatte. Einmal waren ein Junge und ein Mädchen auf einem Picknickausflug an die Tür gekommen. Sie waren mit Fahrrädern unterwegs gewesen. Der Junge hatte rote Haare und Sommersprossen im Gesicht und an den Händen gehabt. Das Mädchen war groß und schlank gewesen. An mehr konnte Jack sich nicht erinnern. Sie hatten nach dem Weg gefragt und waren wieder gefahren.

Über Nacht und am Morgen war der Hund die ganze Zeit draußen gewesen, deshalb nahm Jack seinen Napf und tat einen Hundekuchen hinein. Bevor er zu Dick zurückging, sah er sich in seinem Zuhause um. Der lang zum Fenster hereinscheinende Sonnenstrahl fiel auf die roten Ziffern des Wandkalenders. Der Ofen machte knackende Geräusche. Jack stand gebückt in der Mitte des Raums, den großen Hut auf dem Kopf, während die helle Schneefläche in der offenen Tür schimmerte. Ja, er war hier glücklich. Er fragte sich, ob

der Hund auch zufrieden war. Er gab ihm so wenig zu fressen, daß er nicht verstehen konnte, warum der Köter dablieb. Er mußte eine verwandte Seele sein. Er scherte sich wahrscheinlich so wenig um Jack wie Jack sich um ihn, dachte Jack.

Dick stand auf der Eiskruste, als Jack herauskam. Jack ging nach hinten zum Schuppen und hob die Plane hoch. Da lag der Hund, wärmesuchend an die Wand gekauert. Er rührte sich nicht, als Jack hineinlugte. Er hatte die Schnauze auf beiden Pfoten liegen. Er blickte nicht auf. Jack stellte den Napf auf die gefrorene Erde und brummte einen Gruß. Der Hund zeigte keinerlei Reaktion. Jack ließ die Plane herunter und stapfte zurück durch den Schnee.

»Wunderbar«, sagte Dick gerade. Er breitete die Arme vor der Landschaft aus. »Wie Er das angelegt hat, Jack. Die Stellen mit dichtem Grün, das darauf zulaufende weiße Vorfeld, die Silber- und Grautöne, wo vorher die Blätter waren. Wie herrlich komponiert!« rief er. »Wie harmonisch!«

Damit brachen Dick und Jack Richtung Wald auf. Dick ging eilig voraus. Alle paar Schritte brach sein Fuß durch die Eiskruste, so daß er das

Gleichgewicht verlor. Reflexhaft ruderte er mit den Armen. Jack gelang es, auf der Kruste zu gehen, den Kopf im Wind eingezogen.

»Ich habe über dich nachgedacht«, rief Dick über die Schulter zurück. »Was du wirklich bräuchtest«, sagte er, »wäre eine Squaw.«

Jack zog ein Gesicht. »Ich hab eine Squaw gehabt.«

»Eine, die dir die Glut anfacht, dich einfettet, das Kayak repariert. Das Leben ist für mich unendlich faszinierend.« Dicks Fuß brach mit einem Knall wie ein Schuß durch den Schnee, und er taumelte zur Seite. »Dieser Waldspaziergang heute«, sagte er, während er das eingesunkene Bein herauszog, »ist genau das, was ich brauchte. Wie erquickend! Ich bin seit dreißig Jahren nicht mehr im Wald gewesen. Was für eine Gelegenheit für mich!« Dicks Stimme veränderte sich.

»Weißt du was«, fuhr er nachdenklich fort. »Du bist mir sympathisch, Jack.« Dick blieb stehen und stemmte die Hände in die Hüften. »Du bist ein maulfauler alter Uhu, da mußt du nicht rumtun, aber du hast einen menschlichen Keim in dir. Du hast die Würde eines Wilden. In meinen Augen ist der Wilde der Lump im Urzustand.«

Der Anblick von Dicks Augen ließ Jack erschauern. Es waren die schwarzen Augen eines Waschbären. Jack ging an Dick vorbei auf den Wald zu. Er wollte nicht noch einmal Dicks Brillenaugen anschauen. Er würde Dick zeigen, welchen Weg er am besten durch den Wald nahm. Dick kam schließlich hinter Jack her, wobei er sich ganz vorsichtig über die heimtückische Schneeoberfläche bewegte, mit leichten Schritten auf den Fußballen.

Jack ging weiter, lenkte die Schritte auf die dunkle Flanke des Waldes zu. Julia, erinnerte er sich, trug ein apricotfarbenes Kleid mit einer braunen Schärpe. Ihre Garderobe war klein, aber auserlesen. Dan hatte natürlich zwei Garderoben. Jack fing an zu lachen.

»Ist was komisch?« sagte Dick, der Jacks Lachen als möglichen Affront auffaßte. »Alte Hyäne«, sagte er.

»Ich hab nur grade an Freunde von mir gedacht«, sagte Jack.

»Du hast keine *Freunde*«, sagte Dick in giftigem Ton.

»Hab ich doch.« Jack wartete, daß Dick ihn einholte.

»Red keinen Quatsch«, sagte Dick. »Wie solltest du Freunde haben, ein verstockter alter Spinner wie du? Du bist wortkarg, du bist ungesellig – du bist ungastlich. Du kannst nicht plötzlich Freunde haben, nur weil du es behauptest. Du lebst am Ende der Welt.«

Jack betrachtete Dick mit schmalen Augen unter der breiten Hutkrempe.

Dick drehte sich im Kreis. »Hier ist doch weit und breit kein Mensch!«, rief er und machte eine ausladende Handbewegung.

Jack sah ihn schweigend an. Aus Dicks Ungläubigkeit wurde Mißtrauen, so als schätzte er Jacks Geisteszustand ab. Jack sah zu der verschneiten Wand der Bäume hinüber, dann wieder zu Dick.

»Die Frau heißt Julia«, sagte er, »und der Mann heißt Dan.«

»Das ist unmöglich.« Dick schaute weg.

»Nein, ist es nicht.«

»Ist es doch. Es ist so vollkommen an den Haaren herbeigezogen, daß ich dir verbiete«, er machte ein verbietendes Gesicht, »je wieder davon zu sprechen. Wo hast du sie kennengelernt«, fragte er hastig, »und auf welche Weise habt ihr Bekanntschaft geschlossen?«

Jack sagte nichts.

»Auf einem Ball?« fragte Dick, ein Auge halb zugekniffen.

Jack schlug die Augen nieder.

»Beim Tee?«

Jack schüttelte den Kopf.

»Das gefällt mir alles ganz und gar nicht.« Dick änderte seinen Ton, daß seine Enttäuschung durchklang.

»Du mußt mir nicht glauben«, sagte Jack.

»Ich glaube dir nicht.«

»Spielt keine Rolle«, sagte Jack.

»Für mich?« sagte Dick. »Willst du das damit sagen?« Dicks Hartnäckigkeit ärgerte den Alten. Jack wollte nicht mehr darüber reden. »So«, sagte Dick, »und jetzt machst du vermutlich dicht.«

Jack konnte den Wind in den Bäumen hören. Feiner Schneestaub wehte vom Wald herüber.

»Erzähl mir von ihnen«, sagte Dick und verschränkte gewichtig die Arme. »Erzähl mir von Julia und Dan. Nennen sie dich Jack?«

»Du solltest dich lieber aufmachen«, sagte Jack. Er machte sich Richtung Wald auf.

Dick folgte ihm auf dem Fuße. »Erzähl mir von Julia und Dan. Es könnte sein, daß ich sie kenne. Erzähl mir von Dan. Was macht er?«

»Er trägt Frauenkleider«, sagte Jack.

»Beruflich?« rief Dick aus.

»Nein«, sagte Jack, »nur zum Spaß.«

»Spaß?« sagte Dick. »Wie kann einem Mann so was Spaß machen? Mir hört sich das überhaupt nicht nach Spaß an.«

Jack lachte. Er hielt sich die Faust an den Mund, und sein Lachen ging in einen keuchenden Husten über. Er blieb stehen, zog ein langes Taschentuch aus der Hose und spuckte hinein.

»Ein Mann, der so was macht«, sagte Dick streng, »den sollte man an seinen Eiern aufhängen.«

»Er macht es nur aus Jux«, sagte Jack, aber Dicks rigoroses Urteil hatte seinen Enthusiasmus gedämpft.

»Den sollte man prügeln, daß ihm Hören und Sehen vergeht«, sagte Dick. »Ich würde den Burschen am Kragen packen und ihm die Flötentöne beibringen, das kannst du mir glauben. Ist ja widerlich.«

»Julia war es am Anfang auch widerlich.«

»Das möchte ich meinen.«

»Sie sah ihn die Treppe runterkommen«, sagte Jack, »und da hatte er eine Perücke und Nylonstrümpfe und hochhackige Schuhe an. Sie sagte: *›Dan!‹*« Jack lachte vor sich hin, während er sein Taschentuch mehrfach zusammenlegte und wieder in die Hosentasche steckte.

»Eine Frau, die so einen Mann heiratet«, sagte Dick, »die sollte man irgendwo hinschaffen und sich ordentlich vornehmen.«

Die beiden Männer gingen schweigend weiter. Jack war ein Stück voraus, als sie an den Waldrand kamen. Die mächtigen Stämme der nächsten Bäume verbargen ihre Brüder dahinter und verschwammen im allgemeinen Dunkel. Sie standen da wie tausend Wächter.

»In einer Stunde hast du dich verlaufen«, sagte Jack.

»Red keinen Unsinn.« Dick verpaßte dem ersten Baum einen Tritt mit der Kappe seines braunweißen Schuhs.

»Es ist ein mühsames Durchkommen da drin«, sagte Jack. »Erst die Fichten, dann eine Meile bergab durch Laubwald und wieder hoch durch Nadelbäume.«

»Kein Problem«, sagte Dick.

»Es gibt einen Fluß«, sagte Jack. »Früher war da mal ein Sägewerk.«

Dick stemmte die Hände in die Hüften und starrte in den Wald.

»Du wirst die Pfeiler sehen«, fügte Jack hinzu. Dick war in seinen Augen ein blind herumtappender, eigensinniger kleiner Junge.

»Ich glaube nicht«, sagte Dick nachdenklich, »daß ich dich mitnehmen werde.« Er schaute den alten Mann an. »Ich glaube nicht, daß du mithalten könntest.«

»Ich komme nicht mit«, sagte Jack.

»Du alter Schlawiner«, erwiderte Dick. »Willst du dich über mich lustig machen?«

»Ich bleibe hier.«

»Du bist mir vielleicht ein komischer Saftsack.« Dick zwinkerte mit einem blauen Auge. »Nur gut, daß ich kein Gepäck mithabe. Gut für dich, heißt das. Hast du je Domestikenarbeit gemacht?«

Jack sagte nichts. Dick sah ihm scharf in die Augen, die unter der breiten Hutkrempe kaum zu erkennen waren.

»Du hast keinen Schliff, Jack. Sieh nur, wie du daherkommst. Ich wäre das Gespött von sechs Kontinenten.«

Jack lächelte unter seiner Hutkrempe.

»Ein richtiger Lakei«, fuhr Dick fort, »ist ein blasser Abglanz seines Herrn und Meisters. Mein Diener müßte ordentlich was los haben.« Dick ballte die Faust, um die geforderte Tatkraft zu demonstrieren. »Grips im Kopf«, sagte er. »Ordentlich Schmiß! In aller Frühe auf, meine Schuhe putzen, meine Sachen bügeln, mein Bad einlaufen lassen – immerzu lauf, lauf, lauf, Jack! Arbeit, Arbeit, Arbeit. Immer höflich, immer diskret. Immer fleißig, immer freundlich. Hopp, hopp, hopp!« Dick schlug jetzt mit beiden Fäusten Löcher in die Luft. »Telegramme, Zirkulare, Limonensaft, Mitteilungen, Aspirin, Slipper, Tinte und Feder, Kaffee, Maniküre, treppauf, treppab, lächeln, dienern, laufen! Und die ganze Zeit reiße ich dir den Arsch auf. Ich brülle dich an, drohe dir, beschimpfe dich. *Schafskopf! Bauerntrampel!* Komm wieder her! *So doch nicht!* Steh grade! Schleimscheißer! Ich brülle dich an, verstehst du?«

»Das höre ich«, sagte Jack.

»Ich bin ein wildes Tier geworden! Du hast Angst! Du hast keinen Schneid mehr, keinen Pep. Und ich will mehr, mehr, mehr!«

»Ich glaube, das wäre zuviel für mich.«

»Es betrübt mich, dich abweisen zu müssen«, sagte Dick.

»Ich will lieber nicht arbeiten«, sagte Jack.

»Jammerschade, denn du hast so eine gewinnende Art, einen schüchternen Lumpencharme, der mir ehrlich sympathisch ist.« Dick lächelte wie ein Engel.

Sie standen einander zugewandt im Schatten der unteren Zweige. Droben machte der Wind ein tiefes Rauschen im Geäst. Ein dünner diesiger Sonnenstrahl entflammte die Schnalle von Dicks Gürtel.

»Verstehst du, ich müßte dich vor der Öffentlichkeit verstecken«, sagte Dick. »Deshalb wäre nicht daran zu denken, daß ich dir einen Lohn zahle. Keinen Penny, Jack.« Er machte mit Daumen und Zeigefinger eine Null. »Nichts. Du müßtest einen Platz ganz unten einnehmen, vielleicht als Tellerwäscher, oder als eine Art Prügelknabe, an dem meine Butler ihre schlechte Laune auslassen könnten, etwa wenn ich ihnen mal wieder tüchtig den Arsch aufgerissen habe und alle in den Hinterzimmern vor sich hin kochen. Die meiste Zeit würdest du die Unterkünfte der Diener heizen, die für meine Bedürfnisse da sind. Du würdest für dich allein abseits in einer Hütte wohnen. Und eine Hütte«, sagte er, »hast du ja schon.«

»Ich habe schon eine Hütte«, sagte Jack.

»Nein, ich denke nicht, daß du das durchstehen könntest«, sagte Dick. »Ich glaube nicht. Aber ich kann mich irren.«

Zur Bestätigung schüttelte Jack den Kopf.

»Leider Gottes wärst du mir nicht einmal nahe genug, um meine Unzufriedenheit zu spüren. Stiefel bekämst du genug ins Kreuz, daran wäre kein Mangel, aber keiner der Stiefel wäre mein Stiefel, und das«, sagte Dick, »wäre letztendlich der frustrierendste Teil der Arbeit.«

Jack setzte an, etwas zu entgegnen, aber Dick schnitt ihm das Wort ab. »Wenn ich fertiggeredet habe«, mahnte er, »lasse ich die Hände sinken.« Dick hielt die Hände vorgestreckt und etwas auseinander, als wollte er eine Trophäe in Empfang nehmen.

»Ich werde dich jetzt verlassen«, sagte Dick, »und mich auf den Weg durch den Wald machen. Aber ich wäre aufrichtig betrübt, wenn ich annehmen müßte, daß wir nicht im Guten scheiden. Du«, erklärte er, »möchtest mitkommen, und ich, mein Lieber, kann dich nicht mitnehmen.« Er preßte die Lippen zusammen und sah den alten Mann ruhig an.

»Ich will gar nicht mit«, sagte Jack.

»Denn wenn du nicht mitwolltest«, fuhr Dick fort, »hättest du mich nur bis zur Tür gebracht. Statt dessen klebst du mir schon den ganzen Weg auf Schritt und Tritt an der Seite, und selbst jetzt noch«, Dick betonte es theatralisch, »bist du mir fünf Schritte voraus wie ein Jagdhund, der es gar nicht erwarten kann, bis es losgeht. Wenn du einen Schwanz hättest, würdest du vermutlich damit wedeln.«

Dicks Lächeln erschien genauso plötzlich wie das Erstaunen auf Jacks Gesicht, denn wie Dick bemerkt hatte, ging der Alte in der Tat voraus. Jack blieb wie angewurzelt im jungfräulichen Schnee stehen, der ihm bis an die Waden reichte.

Dick lachte scharf. »Dieser Hut«, rief er, »kann wirklich nur einem Waldschrat gehören! Erst jetzt, wo ich dich hier draußen erlebe, in deinem eigentlichen Revier, habe ich eine Ahnung, wer du bist.« Er beugte sich ruckartig vor und brüllte vor Lachen.

Es stimmte, leicht eingefallen, wie sein Körper war, dazu der pilzartige Hut und die Hosen, die grau wie Wintermoos waren, fügte Jack sich organisch in seine Umgebung ein.

Dick faßte ihn fest ins Auge, dann straffte er sich, um dem Alten Lebewohl zu sagen. Seine Hand schoß zu einem hoheitlichen Gruß in die Höhe. »Gott schütze dich!« sagte er. »Ich gehe.«

Damit marschierte Dick an Jack vorbei geradewegs in den unwegsamen Wald hinein. Jack sah ihm nach. Dicks Gang war ungestüm, seine Arme flogen, er schritt weit und zielbewußt aus. Mit jedem Schritt wirbelte er Schnee auf. Er zog eine gerade Linie, von der er nur abging, um Bäumen auszuweichen. Jack schlug die Gegenrichtung ein, hielt aber am Rand der Bäume an. Als er sich umschaute, war Dick immer noch zu sehen: eine Ahnung seines Kahlkopfs, ein Aufwehen des Mantels, eine Schneewolke hier und da zwischen dem Nadelgrün. Aber Dicks Bahn hatte bereits eine Neigung nach Westen bekommen. Das gefiel dem alten Mann gar nicht. In nordwestlicher Richtung lag viele Meilen weit offenes Land. Nach wenigen Stunden Gehen würden die Zweifel sich zur Panik auswachsen, und dann kamen vierzig Quadratmeilen Wildnis, in denen ein Mann seine ganze Energie verausgaben konnte.

Jack machte sich daran, Dick zu folgen, aber gemächlich, nicht überstürzt. Er wollte Dick nicht einholen. Er wollte sich nur überzeugen, daß Dick die Marschrichtung hielt, die ihn sicher auf die quer verlaufende Straße im Norden brachte. Inzwischen war Dick nicht mehr zu sehen. Jack ging weiter durch den stillen Wald. Allein fühlte er sich klarer im Kopf.

Auf einer Kuppe kam Jack an eine sonnige Lichtung, über die sich deutlich die Spur von

Dicks Durchmarsch zog. Seine Bahn tendierte nach rechts. Das war gut. Auf dem Weg konnte Dick die Straße auf gar keinen Fall verfehlen. In zwei oder drei Stunden hatte er sie erreicht. Jack war jetzt leichter ums Herz, doch er folgte den Fußstapfen des anderen Mannes über die Lichtung und in den Wald hinein. Er wollte sicher sein. Nach fünf Schritten ins Waldesinnere bestätigten sich seine Befürchtungen. Dicks Bahn verlief völlig schief und krumm, so daß seine Fußspuren hinter einem Baum verschwanden, dann dahinter seitlich hervorkamen und in einer ganz falschen Richtung weitergingen. Jack heftete sich ihm sofort an die Fersen, schneller diesmal und auf Pfaden, wo man besser vorankam. Wo Dick sich hatte ducken, bücken oder gar kriechen müssen, wählte Jack einen leichteren Umweg. Er hauchte sich in die Hände und rieb sie. Dick einzuholen wäre für den Alten ein Kinderspiel gewesen.

Zweimal ahnte Jack im voraus, welchen Weg Dick genommen hatte, und ging eilig um einen Hügel herum, wo er wieder auf Dicks Fährte stieß und weiterhastete. Als das Gelände anstieg, von Steinhalden und Fels durchbrochen, verlangsamte Jack sein Tempo. Hier gab es kein Unter-

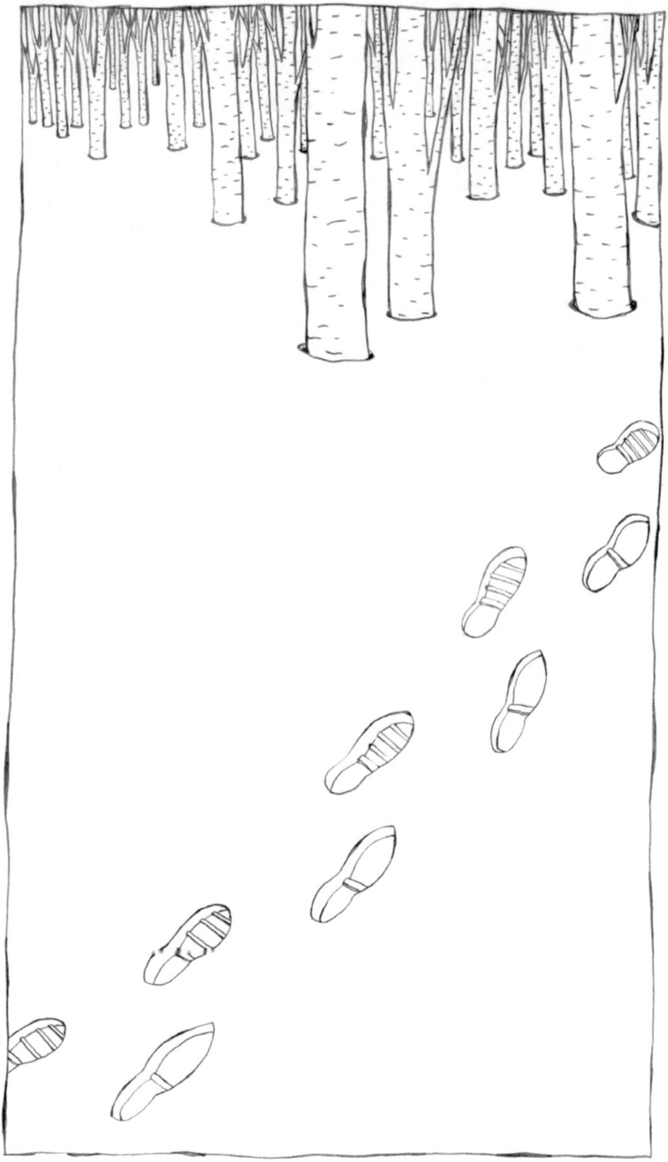

holz, nichts als ein Heer von Baumstämmen, ein niederdrückendes sonnenloses Nadeldach. Jack hielt an, seufzte und orientierte sich, als plötzlich etwas geschah. Er stand in seinen Fußstapfen – in Dicks Fußstapfen, hieß das – und lauschte. Er hörte den Wind, aber nicht in der Nähe. Er war hinter dem nächsten Hügel. Jack war unheimlich zumute. Seine Augen wanderten mißtrauisch unter der Hutkrempe hin und her. Er lauschte. Er wußte, daß der Mann in der Nähe war. Er wußte nicht, woher er das wußte, aber Dick war in der Nähe. Langsam drehte Jack sich um. Dort, am Fuß einer großen Zeder, stand der Fremde. Er stand in seinen eigenen Fußstapfen, die Hände an den Seiten herabhängend. Er blutete an der Nase, und das Blut bildete auf der Lippe einen Schnurrbart. Er regte sich nicht.

»Du fragst dich wahrscheinlich, was ich hier mache«, sagte Dick.

»Gefällt mir nicht, was hier passiert«, sagte Jack.

»Mir auch nicht«, sagte Dick.

»Was ist mit dir passiert?« fragte Jack.

»Ich bin gelaufen«, sagte Dick. Er drehte sich um, deutete vage in eine Richtung. »Da hinten.«

»Du bist nicht gelaufen. Du bist gegangen.«

»Ich bin nicht gelaufen?« Dick riß die Augen auf.

»Du bist gegangen. Ich bin dir gefolgt«, sagte Jack.

Dicks Miene veränderte sich. Er sah Jack böse an. »Das warst *du,* der mir gefolgt ist? *Du?* Ich bin vor dir weggelaufen, du hinterfotziger alter Sack! Das waren deine Fußspuren?«

»Das waren nicht meine Fußspuren«, sagte Jack. »Es waren deine Fußspuren.« Doch er war zu müde, um Dick zu erklären, wieso er, Dick, in Fußstapfen gehen konnte, die von ihm wie auch von Jack stammten. Jack verstand es ja selbst nicht. Er verstand nicht, wie der Mann überhaupt hinter ihn gelangt war.

Mit einem still verstehenden Blick wandte Dick sich von Jack ab und fixierte einen imaginären Punkt im Raum. »Ach so«, sagte er.

»Ich wollte dich nicht erschrecken«, sagte Jack.

»Ich habe Gefühle«, sagte Dick. Mit dem Gesicht eines verprügelten Puttos drehte er sich Jack frontal zu. Seine Lippen waren schmal vor Kränkung. »Ich habe nie behauptet, ein Waldläufer zu sein, Jack.«

»Kein Mensch will dich erschrecken«, wiederholte Jack.

»Ach ja?« sagte Dick. »Und wie würdest du es nennen? Spaß? Und noch was.« Er legte die Hände über dem Bauch zusammen. »Ich war nicht blind für deine Aufmerksamkeiten heute morgen. O ja«, er kam Jacks Erstaunen zuvor, »die habe ich wohl bemerkt. Ich mag keine heimlichen Bewunderer.«

Jacks Augen unter dem ausladenden Hut sahen ihn ausdruckslos an. Sein Bein pochte. Er hatte zu Dicks hanebüchenen Vorwürfen nichts zu sagen.

»Wenn meine Männer hier wären, Jack, würde ich ihnen befehlen, dich zu fesseln und dir eine Bastonade auf die Fußsohlen zu geben.« Er lächelte affektiert. »Wie würde dir das gefallen?«

Jacks Aufmerksamkeit schweifte ab. Er konnte den Wind noch immer hören, aber er war nicht näher als vorher, war hinter dem nächsten Hügel.

»Wer will schon einen Trottel zum Freund haben?« sagte Dick. »Du hast nicht mitgenommen, was ich wollte. Keinen Kompaß, keine Axt –«

»Brauchst du alles nicht«, sagte Jack.

»Leider Gottes muß ich dir mitteilen«, sagte Dick, »daß ich von dir nichts annehmen kann.«

»Was machst du da?« sagte Jack.

Dick hatte seinen Gürtel aufgezogen. »Dir deinen Mantel zurückgeben«, sagte er. »Ich nehme von Kanalratten keine Almosen an.« Er pellte sich den Mantel vom Rücken, hielt ihn mit zwei Fingern hoch und ließ ihn in den Schnee fallen. »Leb wohl, Jack.«

Mit einem wilden Leuchten in den Augen drehte Dick sich um und marschierte in Hemdsärmeln davon, wobei er weiter seine Tiraden hielt. Als Jack Anstalten machte, ihm mit dem aufgehobenen Mantel zu folgen, protestierten seine Beine bei jedem Schritt. Er staunte über die Ausdauer des Mannes. Dick war stärker, als es den Anschein hatte. Jetzt war er es, der in gemütlichem Tempo vorausging und die Umgebung mit dem Interesse eines Touristen betrachtete. Für Dick war der Marsch ein Spaziergang. Ein munteres Liedchen pfeifend schlenderte er dahin, während der Alte mit dem Mantel überm Arm hinterherkam.

Die Zedern wurden von Eichen abgelöst. Jenseits der Eichen war der Himmel düsterer als zuvor. Jack ging mechanisch weiter. Er fragte sich, ob Dick ihn vergessen hatte. Dick hatte jetzt einen direkten Kurs nach Norden eingeschlagen, seine Arme flogen, und an seinen Fersen stoben Schneefontänen auf. So sehr Dicks Unerfahrenheit ihm Sorgen machte, von der sinkenden Temperatur ganz zu schweigen, wollte Jack doch nicht zu weit gehen. Dick legte unterdessen ein schnelleres Tempo vor. Er hatte in der Ferne etwas entdeckt.

»Das ist das Sägewerk«, sagte Jack.

Aber Dick reagierte nicht. Er ging nicht langsamer, und er sah sich auch nicht nach der gebeugten Gestalt um, die hinter ihm herkam. Am Fuß des letzten Hangs lag der zugefrorene Fluß unter einer Schneedecke. Am diesseitigen Ufer stand eine Schar verfallener Holzpfeiler, jeder mannshoch, von Eis und Schnee überzogen.

»Hier ist es!« rief Dick, aber nicht zu seinem Begleiter, denn er sprang bei diesen Worten schon den Hügel hinunter. Sie waren jetzt im Freien, wo der Wald sich in zwei Wände teilte, eine hinter ihnen und die andere gegenüber auf der anderen Seite des Flusses. Dick ging schnurstracks auf die Ruine zu. Jack sah ihm nach, wie er sich eilends durch den Schnee arbeitete. In dieser Entfernung kam er Jack sehr authentisch vor. Dicks Possen entfielen Jack, und zurück blieb nur ein Gefühl der Sympathie des Alten für den jungenhaften Fremden. Als Dick den ersten Pfeiler erreichte, stürzte er vor und schlang die Arme darum.

»Was für Dinger!« schrie Dick.

»Was macht er da?« sagte Jack.

Dick stieß einen leisen Pfiff aus. Das Eis und der Schnee an seinem Hemd machten ihm nichts aus. Er umarmte den Pfeiler mit aller Kraft, dann stieß er sich davon ab und stapfte zwischen den anderen Pfosten umher. Der Schnee ging ihm bis an die Knie. Jack trat hinter ihm heran und blieb zitternd stehen.

»Das war früher ein Sägewerk«, sagte Jack.

Dick nahm mit den Augen Maß. Er stellte sich an den Fuß eines hohen Pfeilers und peilte über die Hand hinweg Winkel und Abstand eines zweiten Pfostens. Er drehte sich um und wiederholte den Vorgang bei einem dritten. Er kniff fachmännisch ein Auge zu. Zufriedengestellt begab er sich rasch durch den Schnee zu einem anderen Pfosten. Er blieb stehen, verengte die Augen, zog die Nase hoch. »Solides Handwerk«, sagte er und schüttelte beeindruckt den Kopf. Er ging forsch umher, stellte Berechnungen an, ortete unsichtbare Verhältnisse, schüttelte den Kopf. Er trat zurück, die Fäuste in den Hüften, und ließ sich alles gründlich eingehen. »Viele Schiffe sind von diesem Flecken hier ausgelaufen.«

Jack sah teilnehmend zu. »Das ist der Fluß«, sagte er. Jack begriff, daß Dick auf dem Fluß stand, ohne es zu merken, denn die Pfeiler waren in das Flußbett eingelassen. Dick drehte sich um und entdeckte Jack. »Hallo, Jack.« Er grinste leutselig. Jack hatte den Mantel auseinandergefaltet; er wollte unbedingt, daß der Mann ihn anzog. Er hielt ihn Dick freundlich auf.

»Was für ein Fund!« sagte Dick und wies auf die Ruine.

»Zieh deinen Mantel an«, sagte Jack.

»Ach ja, danke«, rief Dick geistesabwesend aus, ohne den Mantel zu beachten, aber hielt doch die Arme nach hinten und steckte sie in die Ärmel. Jack zog den Mantel hoch; Dick klappte das Revers um. Jack erinnerte sich, wann er den Mantel das erste Mal getragen hatte, an einem viele Jahre zurückliegenden Herbsttag.

»Es wird kalt«, bemerkte Dick.

»Unter minus fünfzehn«, sagte Jack.

»Das Glas hat die Arbeit überhaupt nicht beeinträchtigt.« Dick zeigte mit den Augen auf die Anordnung der Pfosten und klärte Jack dann großzügig über die Bedeutung einzelner Baureste auf. »Schau.« Er räusperte sich und wechselte das Standbein. Er berührte mit einer Hand Jacks Schulter, während er mit der anderen deutete. »Siehst du die Wölbung oben auf der Säule? Aus der Ferne sieht sie flach aus, aber von nahem sind sie oben gewölbt. Das ist Absicht. Weißt du warum?« Dicks kugelrunder Kopf fuhr herum. »Wenn sie flach wäre, würde es nämlich konkav aussehen.«

Jack wußte nicht, was konkav war.

Dick machte eine Schöpfbewegung. »Wie eine Untertasse«, sagte er.

»Ich dachte, das wäre der Schnee obendrauf«, sagte Jack.

»Gebrauch deinen Grips«, sagte Dick. »Wenn der Pfosten flach wäre, wäre der Schnee auch flach! Sie sind von dort oben eingefahren«, Dick zeigte flußaufwärts, »jeden Abend zur Dämmerung etwa, daß nur der Bug und der Bootsführer über dem Wasser zu sehen waren. Die Ruder machten silberne Kringel. Wie eine Perforiermaschine«, sagte er, »die etwas macht, was man abreißen kann.«

»Weiter kann ich nicht mitkommen«, sagte Jack.

»Der Bootsführer war blind«, sagte Dick.

»Du gehst einfach in derselben Richtung weiter«, riet Jack.

»Mach dir um mich keine Sorgen«, sagte Dick. »Ich hab reichlich Mumm.«

Jack schwankte im Wind. Dies war der Wind, den er hinter dem Hügelrücken gehört hatte. Bevor er ging, wollte er Dick noch sagen, wo sie waren. Er machte sich Sorgen um Dick.

»Früher gab's hier tausend Acre Weymouthskiefern«, erklärte Jack. »Sie wurden hierher geflößt. Die Hütte des Sägemeisters war am Wasser. Die Sägen«, fügte er hinzu, »waren hier.«

Dick hatte sich umgedreht und musterte den alten Mann mit einem vogelartigen Blick.

»Das hier ist eine Bucht«, sagte Jack. Er konnte Dick den Sinn der Worte nicht begreiflich machen.

Ein Schweigen trat ein. Einen Moment später schwebte eine einzelne Schneeflocke herab und landete auf der Passe von Dicks Mantel. Das Schweigen zwischen ihnen vertiefte sich. Dick, schien es, war im Begriff, etwas Unangenehmes zu sagen. Jack war das von ihm gewohnt. Der Ausdruck auf seinem Gesicht gefiel ihm gar nicht. Das Lächeln, das dort entstand, gefiel ihm nicht. Dick beugte sich vor und guckte unter die Hutkrempe. Die Frage kam über seine Lippen. »Wer bist du überhaupt?« sagte er.

Genau das hatte Jack vermeiden wollen. Er war zu weit mitgegangen. Es war zu gut gewesen, es hatte nicht halten können. Dicks Frage ging ihm unheilkündend im Kopf herum. Als er die Augen niederschlug, sah er Dicks ungleiche Schuhe aus dem Schnee hervorlugen. Der braunweiße Schuh war Jacks Osterschuh. In die Stille hinein scholl das gedämpfte Dröhnen sich zusammenziehenden Eises, ein einzelner tiefer Donnerschlag im Wasser. Im nächsten Moment schüttete es Schneeflocken vom Himmel. Die Flocken zeichneten vor der Wand der Bäume ein diagonales Strichmuster.

Dick faßte Jack am Ellbogen. »Komm mit«, sagte er.

»Ich kann nicht mit«, sagte Jack. Er fühlte die Wärme von Dicks Körper an seiner Seite. Es erinnerte ihn an die Wärme des Hundes in der Nacht. Jack versuchte, dem Drängen von Dicks Hand nachzugeben, konnte sich aber nicht bewegen.

»Wie alt bist du, Jack?«

»Ich bin zweiundsiebzig«, sagte Jack.

Dicks Augenbrauen gingen hoch. »Das ist ungefähr Raumtemperatur, nicht wahr«, sagte er, »in Fahrenheit? Oder ist es die Herzfrequenz? Oder«, sagte er, »ist das überhaupt von Bedeutung?«

Jack schüttelte den Kopf, und die Krempe seines Hutes schwang hin und her.

»Andererseits«, machte Dick weiter, »ein halbes Dutzend Dutzende muß etwas zu bedeuten haben. Warst du jemals verheiratet?« Er versuchte es noch einmal.

Der alte Mann ließ die Frage verstreichen. Er erinnerte sich, daß sie immer am Fenster stand. Sie hatte weiße Vögel auf einem Bord. Sie hieß Rosemary.

Dick schlug einen neuen Ton an. Ein Lächeln trat auf sein Gesicht und belebte die Krähenfüße um die tiefdunklen Augen. »Ich möchte als Bruder zu dir sprechen, Jack. Darf ich?«

Jack beobachtete, wie die großen Flocken vorbeitrieben. Er nickte.

»Ich will dir was verraten«, sagte Dick. Er hörte sich ein klein wenig rührselig an. »Ich habe einen wunderbaren Tag verlebt, Jack. Auf deine dir eigene Lumpenart«, sagte er, »bist du ganz reizend gewesen. Sag mir«, sagte er, »was wirst du mit deinem Haus machen?«

»Darin leben«, sagte Jack.

»Für immer?« sagte Dick.

Jack schüttelte den Kopf. Dick schaute ungeduldig weg, dann kamen die Augen zurück.

»Könntest du vielleicht zur Abwechslung ein bißchen Enthusiasmus zeigen?« Er sagte es nicht im Spaß. »Hat es was mit mir zu tun?«

»Nein«, sagte Jack.

»Damit, wie ich aussehe? Denn wenn du mir sagst, daß ich wie ein Lump aussehe, dann mache ich Hackfleisch aus dir. Verlaß dich drauf, Jack. Damit wäre mir das Thema deiner Person wirklich vergällt. Mein Verhalten«, sagte er, »wäre ein völlig anderes, Jack. Eines, das du noch nicht erlebt hast.« Dicks Blick schweifte ab. »Wo ich gerade dabei bin«, sagte er mit dünner Stimme, »möchte ich noch etwas anderes loswerden. Mir gefällt *dein* Verhalten nicht, Jack. Du hast zwei Gesichter. Nun, du wirst feststellen, daß ich zurückschlage. O ja«, rief er. »Wenn ich wütend bin, haue ich drauf.«

»Das ist die Kälte«, sagte Jack.

»Jawohl«, sagte Dick. »Ich tue Leuten weh.

Zum Beispiel«, er hielt Jack die geballten Fäuste hin, »mit meinen Fäusten.« Er zog das Kinn ein und betrachtete die eingefallene Gestalt vor sich. »Ich bemühe mich, lustig zu sein«, sagte Dick. »Ich tanze, ich singe, ich halte eine munter dahinplätschernde Unterhaltung in Gang. Aber es hilft nichts. Wir hatten alles, Jack. Wir hatten den

Wald, wir hatten die Jahreszeiten, wir hatten ein Haus im Talgrund. Wir hätten glücklich sein sollen.«

»Ich war glücklich«, sagte Jack.

»Lüg mich nicht an«, sagte Dick. Er blickte hinüber zur Palisade der Bäume jenseits des Flusses. »Du hast nur so getan«, sagte er. »So einer bin ich nicht. Ich war stolz auf dich, Jack.« Dicks Stimme bebte. »Sie können ihre Bonzen und ihre Poeten behalten, habe ich immer gesagt, denn Jack ist der Allerbeste. Und ich war dein Vermächtnis, deine Hoffnung – der Chip, den du hoffnungsvoll auf den grünen Fries der Geschichte gesetzt hast. ›Dreht das Roulette‹, hast du gesagt. ›Dies hier ist Dick, alle Welt soll ihn sehen.‹ Jetzt stehe ich vor dir«, sagte Dick, »ein wahr gewordener Traum.«

Er zupfte Jack aufmunternd am Ellbogen. Aber Jack konnte sich nicht von der Stelle rühren. Sein Körper, ganz zusammengekrümmt in dem schneebedeckten Mackinaw-Mantel, schwankte nach vorn, doch er konnte die Füße nicht vom Boden loseisen. »Komm mit«, sagte Dick. Aber Jack schüttelte den Kopf. Er konnte sich nicht bewegen. Dick half ihm, die Augen fest auf Jacks Füße gerichtet. »Das ist gut«, sagte er.

»Jetzt beweg ich mich doch«, sagte Jack.

»Du gehst wie andere auch«, sagte Dick.

Jack taumelte vor, er tatterte wie ein Kleinkind, das die ersten Schritte tut. Unter Dicks Hand legte sich die Zittrigkeit des alten Mannes.

»Nur weiter«, sagte Dick.

»Geht schon besser«, sagte Jack.

Wo er Jack jetzt in Bewegung gesetzt hatte, konnte Dick seinen Faden wieder aufnehmen. »In einer Welt voller Dildos und Dumdums habe ich nach Höherem gestrebt, Jack. Wenn nicht, wäre ich heute nicht hier. Was ist los?« sagte er. »Alle?«

»Ich glaube«, sagte Jack. »Ja.« Er war ans Ende seiner Kräfte gekommen. Sein Kopf füllte sich mit unsinnigen Gedanken – Gedanken an Brennholz und Schnürsenkel, ein ovales Gesicht am Fenster. Seine Gestalt verschmolz mit dem verschneiten Pfeiler. Er ließ sich nieder. Lehnte sich mit dem Rücken dagegen.

»Du hast getan, was du konntest«, sagte Dick in einem Ton, der Widerspruch ausschloß. »Niemand hat mehr getan.«

»Ich weiß nicht«, sagte Jack. Er konnte Dicks Gesicht nicht mehr sehen, nur seine verschiedenen Schuhe. Dick hatte sich vor ihn hingestellt. Dicks Hosenaufschlag zierte eine Schneeborte.

Jack fragte sich, was er wohl dachte. Er hätte gern Dicks Gesichtsausdruck gesehen, aber er wollte sich nicht bewegen, es nicht mal versuchen.

»Die Einsamkeit ist dichtbevölkert«, sagte Dick. »Ich weiß Bescheid. Ich bin auch in der Wildnis gewesen.«

Jack schlug die Augen auf und wieder zu. Seine Hände und Füße waren nicht zu gebrauchen, unbeweglich bis auf ihr Zittern.

»Natürlich«, sagte Dick, »war ich nicht so angezogen wie jetzt. Und ich hatte Leute mit. Wenn du den Gipfel des Berges besteigst, Jack, brauchst du Seile, du brauchst Klampen, eine Lampe, Stullen. Andere Leute werden dazugeholt! Träger, Boten, Photographen et cetera. Kein Mensch hat jemals den Berg bestiegen, Jack, ohne zu meinen, daß alle auf seine Rückkehr warten.«

Als Jack wieder die Augen aufschlug, konnte er zwischen Dicks Beinen hindurch das andere Ufer des Flusses sehen. Es schneite auf die Bäume. Der Schnee begrub ihn.

»Als ich in die Wildnis ging, hatte ich vierundfünfzig Leute dabei«, sagte Dick. »Und als ich zurückkam, rat mal, wie viele.« Dick wartete, daß Jack riet. »Achthundert«, sagte er. »Du hättest uns sehen sollen. Ich hatte einen weißen Badean-

zug an und eine grüne Sonnenbrille auf, und die Luxuslimousinen standen aufgereiht von hier bis Sambesi.« Dick sonnte sich einen Moment in der Erinnerung. »Kommt mir vor, als wär's erst gestern gewesen«, sagte er.

Als Jack wieder Dicks Beine anschaute, stand Dick in der anderen Richtung. Als Dick sprach, war seine Stimme hauchig und schwach.

»Ich habe alles dir zu verdanken«, sagte er.

Jetzt sah Jack nichts mehr außer dem Schnee und dem Schatten von Dicks Beinen. Bald, stellte er sich vor, würde eine Schneeflocke die leere Weite seines Innern durchqueren. Er hörte sie schon nahen. Ringsherum stand alles still, bis schließlich, mit der Gewaltigkeit eines sich in Marsch setzenden riesigen Heeres, Dicks Fuß langsam in die Höhe ging. Er stieg aus dem Schnee empor, Weiß verströmend. Dick bewegte sich. Ohne noch etwas zu sagen, marschierte er lautlos in der Richtung des Flusses davon. Jack sah ihm nach. Der Schnee deckte ihm Schoß und Beine zu. Vom weißen Schleier des Schneefalls hob sich allein Dick ab, wie er über den Fluß schritt.

Jack saß am Pfeiler, und seine Gedanken leuchteten auf und verdüsterten sich wie eine Sonne hinter treibenden Wolken. Ein Gedanke ging aus und kam dann im nächsten Moment schattenhaft wieder. Er meinte, den Hund riechen zu können. Dann bildete er sich ein, daß ihm ein Schuh fehlte. Dann wandelte sich alles wieder, und er schaute über den Fluß. Er konnte Dick nicht sehen. Er sah die Wand der Bäume. Dann erschien Dick am Fuß eines Baums. Er hob grüßend die Hand. Jack bewegte sich nicht. Dick drehte sich um. Dann wandelte sich alles wieder. Der Wind schlug um. Der Wind kam über den Fluß, blies ein jähes weißes Schneegestöber auf. Als es sich legte, war Dick fort.

Titel der Originalausgabe: »A Private Station«

Printed in Germany
Schutzumschlag: Klett-Cotta-Design,
unter Verwendung einer Illustration von Isabel Klett
Gesetzt aus der Perpetura von Dörlemann Satz
Auf säure- und holzfreiem Werkdruckpapier gedruckt
und gebunden von Clausen & Bosse, Leck
ISBN-13: 978-3-608-93729-9
ISBN-10: 3-608-93729-3

Raymond Kennedy:

Hoch zu Roß

Roman

Aus dem Amerikanischen von Wolfgang Krege

394 Seiten, gebunden, ISBN 3-608-95885-1

Ein Hauch von Wall Street durchweht das Provinzstädtchen, als die unauffällige Kreditsachbearbeiterin Mrs. Fitzgibbons buchstäblich über Nacht ihr demagogisches Talent entdeckt. Unverfroren und unter Einsatz ihrer weiblichen Reize fegt sie wie eine Furie alles hinweg, überrollt die Bank, nimmt die Presse ein, das Fernsehen. Man munkelt bereits von hoher Politik – bis alles wieder vergeht.

Raymond Kennedy:

Lulu incognito

Roman

Aus dem Amerikanischen von Bettina Runge

325 Seiten, gebunden, ISBN 3-608-95658-1

Lulu, eine unscheinbare Verkäuferin in einem Kaufhaus, kann ihr Glück nicht fassen, als sie die Stelle einer Gesellschafterin der reichen Mrs. Gansevoort angeboten bekommt. Es ist wie im Märchen. Mrs. Gansevoort schenkt ihr elegante Kleider und sorgt persönlich für den letzten Schliff: Aus dem Aschenputtel wird eine mondäne Dame. Lulu genießt das neue Leben. Nur ganz allmählich regt sich der Verdacht, daß Mrs. Gansevoorts Großzügigkeit keineswegs selbstlos ist, sondern Teil eines infamen Plans, in dem Lulu die Rolle des Opfers zugedacht ist.

Klett-Cotta

Jon McGregor:

Nach dem Regen

Roman

Aus dem Englischen von Anke Caroline Burger

304 Seiten, gebunden, ISBN 3-608-93732-3

Der Tag, an dem nichts Bemerkenswertes geschieht, beginnt wie jeder andere. Es ist der letzte des Sommers in einer namenlosen Straße, irgendwo in England: Menschen voller unbekannter Geschichten, uneingestandener Liebe und dunkler Geheimnisse erwachen. Ein junger Mann beobachtet sie alle, er würde sie gern kennen, das Mädchen, das er nicht anzusprechen wagt, das alte Ehepaar, die spielenden Kinder, aber er kennt noch nicht einmal den Namen seines Nachbarn.

Das wirklich Wichtige bleibt unseren Blicken unsichtbar – Jon McGregor nicht. Beiläufig verzaubert er das scheinbar Unbedeutende, bis es erglüht im Schatten eines Sommertages: »Es passieren ständig bemerkenswerte Dinge, direkt vor unseren Augen, aber unsere Augen sind, als wären Wolken vor der Sonne, und unser Leben ist blasser und ärmer, wenn wir sie nicht als das erkennen, was sie wirklich sind.«

Klett-Cotta